杨澜

著

大女生

Big Girl

上海文艺出版社

果麦文化 出品

自序

　　女人这两个字似乎总与"小"联系在一起。

　　身材：娇小；力气：弱小；遇事：胆小；做人：小气；姿态：小鸟依人；还有小心眼、小性子、小女人、小媳妇……头发长，见识短，也算是一种短小吧。在上千年时间里，中国的女人遭受集体摧残——缠足：从四五岁起用一条狭长布带，将足、踝紧紧缚住，从而使肌骨变形，俗称"裹小脚"，从而达到三寸金莲、纤纤细步的"美"感。还有孔老夫子的一句："唯女子与小人为难养也，近之则不孙，远之则怨。"也就是说，女子很"作"，近了，欠缺敬畏；远了，又心生怨恨，让"君子"很头疼。

　　这才说到重点：几千年历史中对女性的赞美也罢，鄙视也罢，观察的视角都是男性。男性是主体，女性是客体。女性的相貌、举止、品德、才华、价值都由男性来评判。打开历史，我们看到活生生的女人形象屈指可数，大多数女人都生活在标签之下：窈窕淑女、贤妻良母、贞节烈女、红颜祸水。混得好的就算土地奶奶和王母娘娘了。

即便在今天，社会对女性的审美依然以"白幼瘦"为默认标准，性情态度上也最好是温良恭俭让。天真、弱小、温顺、被动、惹人怜爱；又美又"听话"，还"懂事"、善解人意，甘愿牺牲且无怨无悔，这样的女人仿佛才是真正的女人！

比这些更要命的是女人的世界小。到徽州的古村落去看一看，宽大气派的堂屋里没有女人的位置。她们住在二楼低矮的闺房里，屋里的光线主要靠天井透下来的天光。仔细一看，闺房外的栏杆当中有若干个小方孔，原来是她们偷看来访宾客的窗口。如果她们的父母足够开明的话，可能会允许她们从小孔看一眼自己被许配的男子长得什么样，而这也无法让她们的判断有太大把握，因为那个男子可能只是个十三四岁的男孩，在他的父辈带他出门做生意之前，先把婚结了，以便传宗接代。

于是尚处在青春期的姑娘们只有接受父母之命，迅速从女孩成为女人，以妻子的身份，努力尽早生育男丁，以获得夫家的接纳，然后忍受"一世夫妻三年半，十年夫妻九年空"的孤独，贯彻"饿死事小，失节事大"的规矩，以悬梁刺股的决心为家族培养下一代光宗耀祖的希望，奢望换来贞节牌坊上一个"××氏"的表彰。即使儿子出人头地成了状元或宰相，做母亲的也没有完整的名字，她永远只能是一个背景。

她的人生就在这粉墙黛瓦之内，活成了一个标签。只要锁住了她的身体、她的心，家族的财产和名誉就都安全了。让她的脚小小的，欲望小小的，至于梦想……什么梦想? 最好没有梦想。这样，她就走不远了。

穿过窄窄的街巷，我站在高高的马头墙下，为这些从未谋面的姑娘悲伤。在她们的绣房里，可以通过狭小的窗户，眺望新安江两岸的如画山水。略通诗文的她们也许记得李白"人行明镜中，鸟度屏风里"的诗句，却只能沉浸在"向晚猩猩啼，空悲远游子"的感伤里。等待，固然让人伤神，而那份对生命的无力感才更让她们惆怅吧。她的人生刚刚开始就结束了，她的世界还未打开就封闭了。她会做什么样的梦? 也许如元代女画家管道昇写下的："人生贵极是王侯，浮利浮名不自由。争得似，一扁舟，弄月吟风归去休。"

成长于中国改革开放的 20 世纪 80 年代，我从十几岁开始就有了看世界、走四方的梦想。1990 年尚未大学毕业的我通过层层选拔成为《正大综艺》节目的主持人。这个节目是中国电视史上第一代综艺节目的代表，带领观众周游世界。在那个 99% 的国人从未踏出国门的岁月里，"不看不知道，世界真奇妙"打开了人们的视野，也打开了人们的想象。外面的世界很精彩，它像一面镜子照见我们自己的生活。"如果有一天能亲身去这些地方走走，该多好啊！"后来我选择放弃央视的工作，出国留学，在此后的 20 余年中，先后游历近 50 个国家和地区，与《正大综艺》种下的这颗"种子"息息相关。

在 30 年的媒体生涯中，我用传媒人的方式去观察和解读这个世界。《杨澜访谈录》，这个中国电视史上第一个高端访谈节目创立于 1998 年。迄今为止，我专访了逾千位各国、各领域的风云人物。"记录时代的精神印迹"是我和小伙伴们的愿景。我们从人物的故事出发，为观众带来跨文化、跨行业的深度解读，何尝不是走四方的另一种方式呢？为了把节目做好，我养成了"做功课"的习惯，有时是自觉地，有时也是被迫地，不断阅读、学习、思考、写作，累计阅读上千本书籍，数亿字的资料，在文字的海洋里畅游八方。我也屡屡挑战新的领域，带领团队进入科技前沿，采访制作了《探寻人工智能》纪录片系列，后来又制作了《科学咖啡馆》，让科技大咖与年轻 UP 主齐聚一堂，畅想人类未来生活。读书、识人、看世界，成了我的生活方式。

我想分享这一路的风景，也向世界说出中国女性的故事。我有机会主持包括联合国世界妇女大会、APEC 妇女暨经济峰会、G20 女性峰会等国际会议，并在 TED Women、全球妇女峰会 (GSW)、《财富》全球论坛、博鳌亚洲论坛上发表女性主题的演讲，介绍中国女性的发展。胡适先生曾说："看一个社会的文明程度只需要考察三件事：他们怎样待小孩子，怎样待女人，怎么利用闲暇时间。"

2014 年起，我创办了"天下女人国际论坛"，希望通过搭建平台，为女性发声，促进性别平等，加强国际交流。后来又相继推出了"天下女人研究院""天下女人研习社"，提供为女性赋能的教育培训。2019 年 8 月"天下女人研习社 App"上线，我担任"沟通大师训练营"的讲师，又通过"杨澜读书"和"杨澜知道"向姐妹们推荐与女性成长相关的书籍和知识，其中既有人物传记，也有认知和方法论。到今天，这个线上社区已原创数百门课程，形成自媒体矩阵，涉及自我成就、身心健康、家庭关系和兴趣审美等维度，围绕女性的自我觉醒与终身学习，提供知识与生活方式的分享，并且在线下举办了近百场活动与论坛，共触达数千万用户。

我们面对的，是时代的女性；我们身处的，是女性的时代。今天的中国女性，占高等教育毕业生的 50% 以上，她们当中 70% 参与社会劳动（这个比例高过法国男性），她们占中国互联网创业人群的 35% 左右，她们也是家庭消费的主要支配者。一方面是教育赋能和经济赋能带来的自我意识的空前觉醒，另一方面是弥漫的焦虑：传统性别标签和刻板印象依然困扰着我们：容貌焦虑，年龄焦虑，结婚焦虑，育儿焦虑，工作和家庭失衡的焦虑……自我价值感的不足，让本来应朝向外部的发展，成为转向自我的攻击性。这么多焦虑足以带来对健康的威胁：紧张、失眠，甚至抑郁的人数不断增多。

我们的收入多了，为什么仍然感觉不幸福？

我们比以往任何一个时代的女性有更多选择，为什么还有无形的绳索让我们难以挣脱？

也许我们首先要回答的是：我到底是谁？我想成为怎样的自己？我想和谁在一起？英文中这恰恰是三个以"B"打头的词：Being, Becoming, Belonging。结合女性自我认知、自我成长和情感关系等种种话题，我写下了20篇文章，分享我的观察、阅读与思考。

我把书名取为《大女生》，是因为今天的女性，可以理直气壮地用第一人称来讲述自己的故事。她们视野宽了，见识多了，眼界高了，格局大了，她们大胆地走出舒适区，大方地展现自我，大气地面对得失成败。她们不仅关注个人的小天地，也在乎社会公平与正义的大担当；她们不仅用爱呵护自己的小家庭，也用大爱温暖这个世界。是时候用"大"字来形容女性了。

而为什么用"女生"呢？那是因为无论在哪个年龄段，我们都可以怀揣着对世界的好奇，对生活的探索，用新鲜的视角来发现美好、发现意义、发现自己。我们更可以用女生的心态不断学习、不断成长。只要保持生命的成长性，就拥有更多的可能性。

大女生，Big Girl，你拥有坚定的自我认同，敢于表达真实的愿望，勇于探索未知，无惧偏见与流言，善于学习和成长。

谨以此书，献上对你的敬意。

目录

Part Two　BECOMING 成为谁

女性应该被允许尝试自己没有做过的事情，被允许为梦想犯错，甚至一败涂地。没有这些极度的不舒适，就没有今天的我。

Part Three　BELONGING　与谁同行

一切的关系，皆从允许对方做自己开始。爱，是一种本能。懂得如何去爱，是一种养成。

Part One
BEING 我是谁

从拥有一间自己的房间开始

大约 100 年前，英国作家艾德琳·弗吉尼亚·伍尔夫（Adeline Virginia Woolf）在被邀请就"妇女与小说"的主题撰文时写道："一个女人如果想要写小说，一定要有钱，还要有一间自己的房间。"在这样的一间屋子里，你"用不着慌，用不着发出光芒。除了自己以外，用不着做任何别人"。而且，"不会被搅扰"。

那时的英国中产阶级女性，如果想要写作的话，只能在全家人共用的起居室里。其间家人、用人进进出出，各种杂事琐事打扰，根本不可能有完整的时间写作。况且，20 岁左右，她们就已经嫁人，很快便有了孩子，接着是第二个、第三个孩子，把时间占得满满的。她们的经济来源先是父亲，然后是丈夫。男人赡养女人，女人侍奉男人，女人是男人的财产。女人比男人穷，受到的教育有限，接触外部世界的机会少，这都影响到她写作的自由与完整。伍尔夫说，假设莎士比亚有一个同样才华横溢的妹妹，她也没有机会创作那些优秀的剧本，还可能因为她的多愁善感而送了性命。

对于伍尔夫来说，一间自己的房间意味着精神独立的自由空间。她说："我只想很简单、很平凡地说，成为自己比什么都要紧。"

我第一次拥有属于自己的房间，大概是 14 岁那年。之前只能住在"筒子楼"的父母，终于分到了一套小小的二居室，在六层。没有电梯。基于 20 世纪 80 年代初的收入条件，家里的陈设大致如此：地上铺着人造地板革，一套手工打造的沙发和组合柜，一台 9 英寸的黑白电视机；厨房里有一口大缸，因为有时自来水上不来，需要储存水才能做饭及冲厕所；冰箱还买不起，天气稍冷的时候没有吃完的食材就被装在网兜里，挂在窗外；洗衣机也没有，靠墙放着一个铁皮澡盆，和一块搓衣板……

因为没有多少家具，搬家没花太多时间。我在旧房里吃了早饭上学，等放学回家时，已经被领进了新公寓。喜气洋洋的父母推开一扇门，对我说："从今天起，你有属于自己的房间了。"

这是一个只有七八平方米的空间，一张单人床，一张书桌，一把椅子，一个书架，已经把它撑得满满当当，衣服只能放在一个箱子里，靠床脚放着。反正也没几件衣服，妈妈用缝纫机亲手制作的的确良碎花连衣裙，我穿着呢。

我的小心脏怦怦直跳："我们家太高级啦!"居然能给我一个独立的房间! 新粉刷的墙雪白雪白的，正好贴上电影明星的挂历：刘晓庆、张瑜、陈冲、龚雪……她们烫着头发，灿烂地笑着，仿佛在说："我们的生活充满阳光。"我也想让我妈妈打扮打扮，周末就帮她用买回来的烫发剂在家里卷啊卷啊，结果给她搞了个爆炸式的"鸡窝头"! 细心的爸爸给我的书桌上放了一块大玻璃，这样可以保护桌面。玻璃板下是我字迹工整的课程表，从周一到周六排得满满当当。还有一张从杂志上剪下的奔牛的图画，寓意自强不息。高考已经恢复，考上好大学就是我的目标。当时大学录取率只有 10% 左右，千军万马过独木桥。知识改变命运。"高考前人人平等。靠真才实学，女孩子也一样。"父母这样说。

吃完晚饭，我就关上房门，专心做功课，桌子上堆满了各种习题和卷子。不过，我还是挤出时间读几本自己喜欢的小说：《简·爱》《约翰·克利斯朵夫》《红楼梦》《战争与和平》《罪与罚》《老人与海》，能够上锁的抽屉里是我的日记本……那时的梦想是有一天去看看外面的世界，就像简·爱走上房顶眺望远处的田野，台词是这样的："我渴望一种可以超越限制的目力，可以达到那……富有生命的地带，那都是我所听过而没有见过的……他们一定会说我不知足，可是，没有法子，我天生不宁静……"

我也享受周日中午的时光，父母在午睡，我躲在自己的小城堡里，一边收听电台里的评书或是"电影录音剪辑"，一边给班级设计黑板报或者做手工，有一次居然给全班每个同学做了一张手工贺卡。那种快乐而专注的状态，就是被心理学家们称为"福流"（Flow）的幸福感吧？那时的我还不知道弗吉尼亚·伍尔夫，但是体验着的，正是她所描述的"不被搅扰，用不着慌，用不着发出光芒。除了自己以外，用不着做任何别人"的感受。

在这间朴素的小房间里，我慢慢搭建起自己的心灵世界。我就是我，是独一无二的。一旦有了自我认知，就不再浑浑噩噩、虚度年华了。一生都会有一种适度的充实感和价值感。

时间到了2012年。女儿12岁生日那年，她一把将我拽进她的房间，拉开壁柜的滑门，恳切地说："妈妈，求求你别再给我买小公主的粉红色的衣服了，把柜子里的也都拿走好吗？我已经长大了，我现在只喜欢黑色！"她就这样宣告了独立。

她从此有了属于自己的房间，并很快把它填满了自己喜爱的东西：与好朋友们的照片，各种小摆设，再后来是各种破洞的牛仔裤、黑色卫衣、大头靴、超短裤！就像小动物用各种方法表明自己的"领地"，她和我"约法三章"：她在屋里的时候，会把门插上，我们进屋要敲门；没有她的同意，家人不可以整理她的房间（无论多么凌乱）；还有，绝不可以翻看她的电脑和手机。关于自我管理问题，我开始像对成年人一样与她讨论和谈判（或博弈），诸如玩游戏的时间长短，什么时候可以开始化妆，能不能去同学家过夜，可不可以染发……说实话，跟青春期的女儿谈判，艰难程度不下中美贸易战。就在我忍不住要发火或者崩溃之际，我咬紧牙关，提醒自己："忍住，忍住，千万忍住。她已经是个大女生了！"

作为母亲，不管怎么替她担心，不管说服她有多难（有时几乎怀疑人生），不管在她顶嘴时多么怒火中烧，只要她打开房门请求："妈妈，你能进来一会儿吗？我有事要跟你说。"我的心就彻底柔软甚至融化了，然后就受宠若惊地跑到她房间，娘俩儿蜷在床上，抱着枕头，倾诉一番近来的遭遇。

有时是被好朋友误解，有时是被谣言中伤，有时是遇到不靠谱的老师，有时是考试分数不理想，有时是听说邻校一位女生因为男友把私密照片发了朋友圈而轻生……青少年的世界真是复杂甚至残酷，在女儿的叙述和泪水里，我能感同身受她的情感起伏跌宕，甚至体会疼痛和混乱。我尽最大努力去倾听、理解、接纳她的世界，尽最大可能不加评判地提出自己的分析和建议，有时也直接承认束手无策。是的，有些事只有靠她自己去面对，有些事只有时间能够解决。成长是痛的，我的任务是去陪伴、去安慰、去指导，但我不可能去替代。当她的情绪平复，需要自己独处一段时间，我就紧紧地拥抱她，说我永远爱她，然后离开她的房间。门在身后被关上，里面是她终究要自己面对的世界。爱，是有边界的。作为母亲，必须清楚这一点。

心理学家爱德华·霍尔提出了"人际空间"理论，认为空间距离是人际关系的体现。即使是最信任、最亲密的人之间，也是需要私人空间的，这也是尊重与爱的表达。一个人对空间和时间的掌控，是自由意志和选择能力的彰显，是安全感和满足感的重要来源。而19世纪英国哲学家约翰·斯图亚特·穆勒(John Stuart Mill)认为："人必须有一个不受他人干涉的自由空间，才能发展出完整的人格。"他的名著《论自由》(On Liberty)1903年被严复翻译成中文时，书名就叫《群己权界论》。

1994年初，25岁的我辞去在中央电视台的工作，去美国留学，在哥伦比亚大学国际和公共关系学院读研究生。宿舍是百老汇街与112街交口处的学生公寓楼的一间studio，就是那种起居室与卧室合并，带有厨房和卫生间的独立宿舍。400美金一个月的租金，占去我生活费的一半。为了节省，我每周采买一次食品，自己做饭。（妈妈在我的行李里夹了一口平底锅！）常常是炖一大锅肉汤，吃三天，每次热一热，加一点蔬菜进去，一个人吃饱，全家不饿。纽约的楼房里蟑螂奇多，经常需要喷洒各种驱虫剂，并确保不把任何食物放在冰箱外面。宿舍里一台苹果 Macintosh 286 电脑，是毕业的师哥留下来的，经常死机。最崩溃的一次是我熬夜写到凌晨 2 点多的论文，忘记存储，在一次死机后荡然无存！我又急又累，头脑一片空白，几乎没有勇气重新开始。什么都不管，先痛哭一场再说！人家说得对，杨澜你放着央视台柱子不做，偏要跑出去做穷留学生，傻不傻啊？活该！身后传来窸窸窣窣的声音。一回头，居然是一只硕鼠在床脚向我张望！大眼对小眼地看上了也不回避，分明是在嘲笑我这个呆子。欺负人！这也值得接着哭一场……哭归哭，作业还是要交的。哭累了，我擦干眼泪，从头开始写论文。几乎每写一段就存储一次。当第一缕阳光照进房间时，我伸了伸酸痛的腰。完成了！终于！

　　私人空间是自我认知、自我发展的地方。在那间小小的宿舍里，我写下："孩子，躲在木屋里的孩子，看见我放的风筝了吗？我知道，屋里火生得正暖，门外风刮得正寒，可是请你别睁着好奇的眼睛，迈不开迟疑的双腿。你看，外面的天有多大，风筝在跳舞……你是不是梦见自己晒得很黑，身体很强壮？你是不是梦见自己跃过了围栏，还有小河，像曾经见过的野鹿？我知道你独处时常常编些精彩的童话……我知道斯斯文文的你最渴望冒险，或在高原上与日月热烈的舞蹈……我教你每个真正的孩子应该怎样长大——追逐阳光。人生就是永远的追逐，在追逐中你会拥有力量、情感和灵魂……"

我用这首诗告诉自己不要怕，不要因为恐惧而安顿在被设计好的人生里。我要去探索自己的人生。

很多年以后，当我读到伍尔夫《达洛维夫人》(*Mrs. Dalloway*) 中写的"人不应该是插在花瓶里供人观赏的静物，而是蔓延在草原上随风起舞的韵律，生命不是安排，而是追求，人生的意义也许永远没有答案，但也要尽情感受这没有答案的人生"，不禁产生时空穿越的恍惚。

时间是如何从我们的指缝里流走的，无踪无影? 我曾发出这样的感叹。"但是，到处都是我的印迹啊。"时间回答说。在数万小时的节目素材里，在游历近 50 个国家的足迹里，在孩子们长高的身姿里，在我逐渐增多、已经不去拔它们的白发里，时间是童叟无欺的君子。

在我与吴征结婚后相当长的一段时间里，我没有一间属于自己的房间。随着居家条件的改善，首先增加的是老公的书房: 里面摆着他喜欢的书，宽大的书桌，抽雪茄的皮质沙发和可以把腿跷上去的厚重的茶几……父母有自己的房间，孩子有自己的房间，我呢，只在主卧里摆一张书桌，兼了梳妆台。

因为没有独立的书房，我就常常在客厅里读书、画画。儿子上小学时写作文，说他之所以爱上绘画，是因为看到妈妈挺

着大肚子 (正怀着妹妹)，坐在起居室的窗前，聚精会神地画窗外的海棠花。"花开得很繁盛。妈妈专心致志地画着，阳光洒在她的身上、头发上，勾勒出美丽的轮廓。我于是想，画画儿一定是件美妙的事……"儿子写道。后来他选择了视觉艺术作为大学的主修课程。

但我终究想要一个自己的房间。直到 8 年前搬了新家，我在卧室旁边留了一个与我少女时的房间差不多大小的房间作为自己的书房。里面有一张不大的书桌、一把扶手椅、一个书架和一个柜子，桌上摆着与老公庆祝银婚重回希腊圣托里尼岛"凭海临风"的照片，还有女儿送给我的生日礼物：一幅笔触细腻的狼的素描 (她和哥哥一样喜欢画画)。旁边写着："这是一头勇敢而慈爱的母狼，送给亲爱的妈妈。"哈哈，被女儿看穿了我身上的狼性！

"一个人能使自己成为自己，比什么都重要。"伍尔夫在《一间自己的房间》(A Room of One's Own) 一书中这样写道，"在这间属于自己的房间里，她不需要怨恨任何人，因为任何人都伤害不了她；她也不需要取悦任何人，因为别人什么也给不了她。"

在属于我自己的房间里，我可以不受打扰地读书、写作、策划下一个节目或文旅演出，也可以不慌不忙地点上一支沉香，泡一壶茶，或者铺开纸写写毛笔字。抑或什么也不

艾德琳·弗吉尼亚·伍尔夫
Adeline Virginia Woolf（1882 — 1941）

做，发发呆。

　　窗外有盛开的月季花，硕大而鲜艳的花朵。视线里还有一棵柿子树，秋天里金黄的柿子压弯了枝头，惹得附近的喜鹊时时光顾。

别再"祝"我永远十八岁

有人问马云，愿意付出什么样的代价回到 18 岁。马云答，所有财富。因为 18 岁时拥有充沛的勇气、梦想和无限可能。

如果有人问我同样的问题，并且暗示女性应该更愿意付出代价以恢复青春，我会反问："为什么要回到 18 岁？"

18 岁的滋味我已经经历过了呀，再过一遍不见得更新鲜。如果可以改变什么，可能是想拥有一场青春期的恋情吧，就是人们常说的"早恋"。其实早恋并不早，十六七岁的女孩，放在古代可以结婚了，怎么算早呢？倒是在我的中学时代，校规里防早恋如防洪水猛兽，甚至上升到道德层面，才是不那么自然的。以至于我对男生的一点暗恋，连表白的机会都没有，就被排山倒海的习题、模拟考埋葬了。记得有一次那位男生上课时塞给我一张折叠的小纸条，让我小鹿乱撞，心脏几乎跳出来。打开一看，上面赫然写着："第五题，选 A 还是选 B？"

即使 18 岁的青春留下了这么一点遗憾，我也不打算哭天喊地地回去。青春的残酷在于即使没有那么多束缚，你也不知道该往哪里去。迷茫、困惑，莫名其妙的感伤和愤怒，被荷尔蒙搞得一会儿意气风发，一会儿怨天尤人。那时的我绞尽脑汁也想不明白自己到底想学什么专业，做什么工作，会爱上什么人，又将如何度过余生。马克•吐温说得好："如果我们能在 80 岁出生，然后慢慢走向 18 岁，生活将幸福无比。"他指的，就是 80 岁的智慧，18 岁的身体吧。不过有部电影叫《本杰明•巴顿奇事》(*The Curious Case of Benjamin Button*)，讲的就是一个男子逆生长的故事。时光倒流产生了许多奇遇，但终究是以另一种形式的残酷与至爱失之交臂。它想告诉我们的是，时间无论朝哪个方向流淌，我们拥有的只有当下。

2020 年 9 月 4 日，我应邀主持芒果 TV《乘风破浪的姐姐》成团之夜。这档 30⁺ 岁姐姐们的女团真人秀成为这一年最火爆的节目，成团之夜的收视率超过了足球世界杯决赛，同时在线观看人数突破 2 亿!

2020 年有太多大事发生，席卷全球的新冠疫情，中美关系每况愈下，经济衰退超过 70 年前的大萧条……相比之下，30 位年龄 30⁺ 的女艺人参与一个唱跳组合的选秀，有那么重要吗?我想这个节目的走红，带动了一些社会话题的讨论：女性的价值由谁来定义? 年龄是女人的禁忌和魔咒吗? 你愿意在多大程度上活出自己，又情愿为此付出多少努力？每位姐姐在练功房、在舞台上走出舒适圈、突破自己、创造可能的努力，的确非常励志，不过让我最动容的，是她们面对亿万人，坦然地说出自己的年龄，突破焦虑和禁忌。正如李宇春创作的主题歌《无价之姐》中唱到的："单身、年龄哪个罩，每一种审视都像刽子手手里的刀。一个女性成长要历经多少风暴，做自己才不是一句简单的口号……"

不知多久了，年龄依然是女人的禁忌，人们在社交中不贸然询问女人的年龄，而对一个女人最大恭维就是："您看着比实际年纪年轻多了！"逆龄、冻龄、少女感几乎成为一种执念。以至于好些姐妹打了过多的玻尿酸、水光针的脸，虽然皮肤光滑紧致，却因为被剥夺了生动的表情而有一种塑料感，让人瞅着挺不好意思的。岁月为什么那么可怕？为什么男人长了皱纹被认为是成熟的标志，而女人似乎是货架上的什么物件，一旦长了皱纹就可以直接减价甩卖了？可定价的人又是谁呢？

有年龄危机感的可不只是中年女性，30 岁的女性就已经有了。甚至我看到一段网络上的对话，两个女生因为喜欢什么样的偶像针锋相对，争执不下。最后了结唇枪舌剑的，是其中一个女生对另一个说："别啰唆了！你这个老女人！"那位"老女人"只有 26 岁！她居然因此偃旗息鼓，甘拜下风！

有一次去听二人转，台上的男演员用水果比喻女性，说 20

岁的女人像水蜜桃，30岁的女人像苹果，40岁的女人像西红柿。另一个演员纠正说："西红柿是蔬菜啊。""都40了，你还以为自己能算水果啊?！"台下一片哄笑。

年龄的羞辱往往与结婚生子的期待有关。"你都30了，还没嫁人?""你都35了，还没有孩子?"女人"应该"完成这些人生大事的时间窗口实在太短了，好像需要奔跑着从门缝中侧身闪过。绝对高难度!问题是，这些事不是女人仅凭自己意愿就能完成的。结婚总得有心仪的对象吧?生子总要先找一个合适的"爸爸"吧?与之相比，男人做这两件事的时间窗口就要宽阔得多，从20岁到70岁，社会都能接纳。而他们几乎都选择更年轻的女性。

原来，女人的年龄与婚姻"市场"里的定价有关，与对于男性的吸引力有关。可是，年龄不是应该首先跟我们自己的人生有关吗?

有人评论《乘风破浪的姐姐》时说，即使是一个标榜打破年龄标签的节目，人们投票的对象，还是以"看上去"更年轻的女演员为主，"白幼瘦"，依然是一条隐形的标杆，把那些已经开始发胖的，腿不够长的，肤色不够白的选手淘汰掉。有关年龄的禁忌，实在只是针对女性的各种禁忌中的一个而已。"我的脸上有没有痘痘，我的体重是多少，我的腰是不是太粗了"，外在的标准依然是评判女性价值的尺度，影响着女性的自我判断和信心。心理学有个概念叫"心理防御机制"：当我们内心深处的欲望和想法不能被社会接受，真实的自我就会被压抑，并释放一个戴着面具的"我"。当处于优势地位的群体歧视另外一个群体时，后者也会带着同样的偏见，去歧视自己，并迫切希望改变自己。那些"比 A4 纸瘦的腰""比巴掌小的脸""比 C 罩杯大的胸"，让女性对比自己的身材、样貌，产生无意识中的"身体羞辱"。它就像一把利剑，刺伤我们的自尊。所以，节目嘉宾岳云鹏才会自然地对李斯丹妮说："你的腿那么粗，怎么能跳舞？！"即使女神级的人物巩俐，也免不了遭受主流审美的那套标准的苛责，被认为身材发胖而受到恶意嘲笑。而如果是男艺人，观众往往觉得"有实力就好"。

所以，《乘风破浪的姐姐》还可以再向前一步。我想起电影《完美音调》（*Pitch Perfect*）。这部已经拍了两部续集的电影，虽然有些鸡汤剧情，但阿卡贝拉合唱团的成员们还是体现了美国社会的多元性。叛逆的 Beca、胖胖的 Amy、韩裔 Lily、非裔主唱 Cynthia……高矮胖瘦，不同肤色，不但没有影响整个组合的和谐感，甚至成就了她们丰富生动的"团魂"。"乘风破浪的姐姐"团也可以更多元一些吧。

回到年龄的话题吧。2018 年我 50 岁生日的时候，写了首打油诗送给自己。"生命是份礼物，应该好好庆祝，年年都有惊喜，好坏都要接住……荣辱成败，如镜花水月，谁能看得清楚？才情风骨，如高山流水，外表往往朴素。辛苦，是潜伏的祝福；占有，何尝不是美丽的债务？结果怎能衡量一切？迈出的每一步，其实都算数……所谓天命，就是顺其自然，遵循内心的尺度。时光易逝，唯真我本色如故；青春易老，唯真情不可辜负。善是善的奖赏，爱是爱的守护。生命是份礼物，年年好好庆祝。"那年 18 岁的女儿悄悄对我说："妈妈，我很羡慕你，你有那么多经历，有那么多朋友，还有那么多热情。"我搂着她的肩膀说："等你到了我的年龄，就会明白，只要你不辜负时间，时间也不会辜负你的。"

2020 年 8 月我与埃隆·马斯克的母亲梅耶·马斯克（Maye Musk）在一个云上论坛相遇。她 70 多岁了，当别人问她是否害怕年老时，她哈哈大笑说："不害怕，因为我太忙了，根本没时间去害怕。"她在《人生由我》（*A Woman Makes A Plan*）这本书里讲述了自己的人生故事，直到 30 多岁的时候，她才鼓起勇气，带上三个孩子离开了家暴的丈夫，靠打零工养活自己和孩子，还进修学习成为营养师和咨询师，在 60 岁时成为超模，以银发形象独步江湖。她说自己 20 多岁时候不够勇敢，总以为忍气吞声可以息事宁人，甚至认为是自己不够好才让丈夫如此对待自己。是时间给了她勇气，给了她智慧，终于面对内心真实的渴望，活出自己的人生。"谁知道我会在头发变白的时候走红呢？但你永远可以找到一个前行的方法。领悟到这些道理需要很长时间，这就是为什么我从来不浪费时间为年龄担忧。"她的"酷"，也影响了三个孩子的成长，让他们自由地选择职业与人生道路。人生由我，是一种态度，是一种选择，与年龄无关。一旦你拥有它，哪个年龄都可以是最好的。

正如获得柏林国际电影节最佳女演员奖和中国电影金鸡奖最佳女主角奖的咏梅，曾经对一位摄影师说："能不能别把我的皱纹都修平了？那可是我好不容易长出来的。"

你看上去很幸福

美国电影《蒙娜丽莎的微笑》(*Mona Lisa Smile*),讲述了20世纪50年代一位个性独立的艺术史女教师(茱莉亚·罗伯茨饰演)如何影响了保守的女子学院的女生们,让她们重新审视自己的人生选择。这些女大学生大都拥有良好的家庭背景和优秀的教育经历,但她们感兴趣的不是如何有所成就,而是如何嫁给一个好丈夫。50年代末,美国女性的平均结婚年龄下降到20岁,60%的女大学生辍学结婚。电影中,一位叫贝蒂的女学生才貌双全,如愿嫁给门当户对的富家子弟,还在时尚杂志上摆出各种夫唱妇随的姿态。在得知丈夫出轨后,她痛苦不堪,决定离婚,追求新生活,却被她的母亲厉声阻止:"不要把家里的丑事抖落到众人面前,你会被耻笑的!"她反驳道:"妈妈,你看过《蒙娜丽莎》吗?她笑得那么美,但是她幸福吗?有谁知道?为什么不问问她自己的感受?"

在《女性的奥秘》(*The Feminine Mystique*) 一书中，作家贝蒂·弗里丹 (Betty Friedan) 描述了 20 世纪 60 年代美国"郊区主妇"们的生存状态。这是战后随着美国经济高速发展，城市扩张而成长起来的一代人，收入水平的提高使得中产阶级的主妇们普遍不再工作。她们住在郊区的大房子里，使用着不断推陈出新的电器和厨房装备；她们化着精致的妆容，梳着时髦的发型，穿着美丽的连衣裙，打扫房间，抚养孩子，烹饪饭菜，等待心爱的老公回家，共享天伦之乐。还有什么比这样丰衣足食、优雅体面的生活更让人幸福呢？

但是前所未有的，这些理应幸福满足的女性却躁动不安，有一个问题时不时从她们的头脑中冒出来："这就是生活的全部吗？"她们中间的很多人出现了精神问题。医生们发现许多前来求助的女性患上了"主妇疲乏症"，即每天需要的睡眠时间长达 10 小时，总有些什么问题让她们疲惫不堪。有些主妇在药品和毒品中寻求解脱，有些人离家出走，有些人绝望自杀。她们无能为力又满腔仇恨，连自己都不明白是为了什么。与此同时，她们还努力维持年轻的面容和姣好的身材，才不至于失去丈夫的宠爱。"女性的奥秘"要求她们始终保持"女性特征的完善"，以至于如果患了乳腺癌，她们宁死也不愿做手术。所谓的"女性气质"把她们塑造成美丽、天真、顺从、温柔的妻子和母亲。失去自我的她们空虚、孤独，进入一种日渐虚弱的状态，想象力也大打折扣。当被问到"21 岁以后的我会变成怎样",她们竟然是茫然的。

活成别人眼中幸福的样子,享受称赞与羡慕,这本身并没有错。弗朗西斯·福山(Francis Fukuyama)在《历史的终结与最后的人》(*The End of History and the Last Man*)一书中,把存在感与优越感并称为人性的两大基本需求。前一种需求让我们追求平等和民主,渴望自己的声音被听见、被尊重;而后一种需求让我们追求优越和特权,渴望保护自己"应得"的利益。(至于何为"应得",那就见仁见智了。)

所以,无论多么不愿承认,我们私下里都希望能比别人过得好一点,并把它归结于自己的美德、聪慧和勤奋。在现代语汇中,"幸福"也是成功的一种,它标志着更立体的成功,更持久的成功。如果你在大街上拉下一个人,问他"你幸福吗",多半会得到肯定的答案,因为即使他当下并不快乐,但要向一个陌生人承认自己生活失败,掌控不了人生,那还是真需要一点勇气才行。我们执着于幸福,渴望被接纳、被尊重、被羡慕,似乎只有这样,才能给自己每天的奔波劳苦找到意义和价值。问题是,你打算多么努力地活成别人眼中幸福的模样?

2020 年 10 月,一个"名媛拼团"事件闹得沸沸扬扬。为了博取所谓名媛的印象,一些经济上并不富足的女子,通过拼单方式住豪华酒店,背名牌包包,喝名店的下午茶,甚至连名牌袜子也拼团轮流穿。随着群内的聊天记录被曝光，这些假名媛遭到网友的奚落嘲讽。而她们不过是想"看上去"活成别人羡慕的样子。如今"凡尔赛文学"也不过是物质的另一种包装。举例："老公竟然送了我一辆粉红色的兰博基尼，这颜色也太直男了吧，哎，怎么跟他说我不喜欢这个颜色呢？"这些渴望成为"名媛"的女孩子们期盼着价值的认可，却忘记了自身的价值。其实相似的现象出现在历史上各个处于经济上升期的社会里。巴尔扎克的《人间喜剧》，莫泊桑的《项链》，菲茨杰拉德的《了不起的盖茨比》都能帮助我们了解一二。

美国作家保罗・福塞尔（Paul Fussell）的《格调：社会等级与生活品味》（*Class: A Guide through The American Status System*）1983 年出版，20 世纪 90 年代被翻译成中文，名噪一时。这本书详细地描述了 20 世纪 90 年代美国社会各阶层从衣着打扮到住所装潢的生活方式，比如上层阶级如何使用磨出线的东方地毯，还有异国情调的过季花卉，中产阶级则在地板上铺满地毯，再加上模仿蒂芙尼的落地灯，还必须在书房里摆上一整套的《大不列颠百科全书》……如果仔细读完这本书，你就会发现，它恰恰触及了中产阶级焦虑，因为他们缺乏安全感和成就感，需要外在的包装让自己看上去更值得交往，借此获得更多机会。但他们往往没有看到，风范、品味和认知水平，比财富更能决定一个人的社会等级。比如在公众场合，我们看到一些

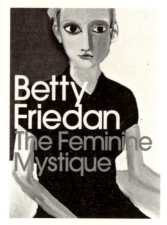

《女性的奥秘》
The Feminine Mystique

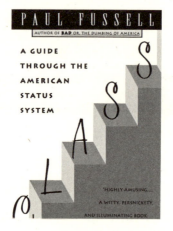

《格调：社会等级与生活品味》
*Class: A Guide Through the American
Status System*

穿着奢侈品牌的人在大声打电话，不断用手机拍照等，不尊重他人感受；再比如，铺张浪费、大摆排场，没有环保的基本理念；或者衣着光鲜，但一开口，粗俗不堪，都属于不攻自破，人设崩塌的。

格调在不断变化中。当年比尔·盖茨和史蒂夫·乔布斯等人牛仔T恤的硅谷企业家造型打破了华尔街西装革履银行家的形象，给人耳目一新的感觉。福塞尔提到，在社会各阶层之外，还有一个阶层，叫作"另类"，就是个性鲜明、有主见和创造力，不刻意取悦于人的家伙。做自己，才是最有格调的事啊！

我真希望有一个魔镜，能帮我们照见那个闪闪发光的自己。早晨出门，发现地铁站口的柳树发出了新芽，即使在凛冽的寒风里，也洋溢着一抹新绿，为此你会心一笑，拍了张照片发在朋友圈；穿着妈妈给你寄来的厚毛衣，虽然款式没有那么时尚，但在最寒冷的日子里给了你最结实的温暖，为此给妈妈发了一个撒娇的短信；公司里来了一位大学毕业生，笨手笨脚地不知怎么安排视频会议的上传文件，你耐心地跟他解释、示范；晚上回家时，路过街边小店，好像那里的网红烧饼很有名气，买几个带回家，老公、孩子肯定都喜欢；周末，约闺蜜去看了一场话剧，犀利的台词张力十足，散场之后还热烈地讨论……

你的柔软和敏锐，善良和勇敢，才情与趣味，就这样照亮着这个世界的某个角落。你做这一切都自然极了，没想到会有什么观众，或者会得到多少赞美。其实，你不需要活成别人的样子，也不需要活成别人眼中幸福的样子，当我们不受外界眼光的驱使而做自己的时候，那份自在，就是幸福的模样。

认识自己，就从身体开始

　　我永远不会忘记女儿出生时娇小的身体。当助产士把她托到我面前时，我睁着泪水模糊的双眼，仔仔细细地端详这个不可思议的小生命。那精致的五官和因为奋力挣扎而略显红肿的面庞，那响亮的啼哭，那几乎透明的十根细细的手指正捏着拳头，同样几乎透明的小脚丫，还有正在用力蹬踹着的结实的小腿。我轻柔地、稳稳地抱住她，贴在胸口，用脸依偎着她的小小头颅。我是多么崇拜她啊，不敢相信这么完美的小生命是由我带到这个世界上来的，并暗暗发誓，要拼尽一切守护她。这时，神奇般地，她伏在我的身体上，安静下来了……

　　如果哪个哲学家告诉我，人类的灵魂与身体无关，或者，我们的身体如何囚禁了我们的精神，我会让他自己去抱抱一个孩子，并且看看他的眼睛。他一定会发现，灵与肉难以分离。我们与这个世界的精神往来，与我们身体的感知息息相联。我们可能记不起自己是如何迈出人生的第一步的，但从孩子身上，我们可以重新体验这种奇妙的感受。当他自主地迈动双腿，跟跄着投入母亲的怀抱，他的眼睛清澈而明亮，他咯咯地兴奋地叫着、笑着，为自己的冒险欣喜若狂；当他伸手去抚摸一只温顺的狗狗，并且把自己的饼干分一半给它的时候，我认定他们是语言相通、情感相连的……有一次，我发现儿子在玩自己的小脚丫，他那么认真地动动每根脚趾，又捧起来放到鼻子前闻一闻，伸出舌头舔一舔，我们对于自己身体的探索，就这样开始了。

孩子在三四岁左右，就开始询问男女的性别特征为何不同，对自己的身体隐私部分特别好奇。六岁左右的儿童会彼此交流对身体的看法，因为他们从成年人那里得不到满意的回答。到了青春期，性发育加速，男女差异更加凸显。女孩子有了月经初潮，胸部开始发育，这给她们带来了不适、困惑、羞怯，甚至恐慌。青春期的我也曾经历情绪的阴晴不定，有时意气风发，特别想引起异性的关注；有时又敏感羞怯，因为别人的一个眼神而在心里嘀嘀咕咕、闷闷不乐。可是当时没有人跟我解释这一切，亲妈估计也不懂这些知识啊！成年后才知道这与雌激素、孕激素的轮流主导有关。我至今清楚地记得第一次来月经时惊慌又骄傲的复杂心情，感觉自己长大了，又为以后每个月都要经历这样的"麻烦"而烦恼。20 世纪 80 年代初市面上还没有普及卫生巾这样的产品，靠妈妈用布头缝制的月经带，然后去买来卫生棉，剪成条状，用月经带两头的松紧带固定。这样的月经带很容易发生侧漏，弄脏了裙子的时候，周围的男孩子会指指点点，让我一下就羞红了脸，好像自己做错了什么。

英国曾做过一个调查，发现14%的女孩面对初潮却不知这是什么，28%的女孩不知如何去做，48%的女孩因为月经而感到尴尬，49%的女孩曾因痛经而缺课。纪录片《月事革命》(*Period. End of Sentence*) 就反映了"月经羞耻"这种社会心理。很久以来，公开谈论月经是不妥当的，无论女性生活在哪个国家。2016年游泳运动员傅园慧在里约奥运会比赛后接受采访时说："昨天来例假了，还是会有点乏力，感觉特别累，但这也不是理由，还是我没游好。"这种大方谈论生理期的态度，引发了一场"打破月经羞耻"的讨论。我在大学里读弗洛伊德的书，看到他的"力比多"理论，把性当作推动一切人类行为的核心，认为所有女孩都对男生有阴茎"崇拜"甚至"嫉妒"，很不以为然。我们女生只是对"大姨妈"感到麻烦而已，怎么就变成一种"缺陷"了！

将女性的性功能视为不洁，甚至是"天罚"，这种意识普遍而持久，甚至由此认为女性的低下地位是由于脆弱的体力和低下的智能造成的，而她们只能接受这样从属的地位，这实在是男权制度借由"人类不可更改的本能"而束缚女性的锁链。从

《月事革命》
Period. End of Sentence

所谓的"阴茎嫉妒"理论出发,有关女性的定义就是"缺陷",因此成为她人格缺陷的基础。可是孩子也会注意到自己的母亲具有乳房,而父亲没有,那是不是会让每个男孩有"乳房嫉妒"呢?其实,女孩在发现男孩的阴茎之前,就已经觉察到了男性在社会文化中的种种"优越",从成年人说"是个男孩?太棒了!""是个女孩?也不错"的时候就意识到了这个世界对男女的不同对待。弗洛伊德试图说服我们,"女性的天性"就是接受低于男性智能与体力的现实,如果企图在这些方面有所作为,就是不合适的,甚至是精神失调的征兆。凯特·米利特(Kate Millett)在《性政治》(*Sexual Politics*)中提道:"女性的生活应该局限在性—繁殖的范围内。一方面向母道表达了敬意,同时又将女性束缚到纯生物生存的水平上。"

今天的女性,或许并不认为自己的身体生来就比男性低一等,但对于自己的身体不满意和自卑,却也比比皆是。在社交媒体上,曾掀起一股风潮:女性纷纷前往某服装店,将自己试穿童装的照片传到网络上看谁的身材好。而这一话题的阅读量超过 6.8 亿!香港中文大学的研究表明,青少年花在社交媒体上的时间越多,对自己身材感到不满意的可能性就越大。她们的参照或许是那些广告牌上万里挑一的同性的"完美"身材,但这背后,又何尝不是用异性眼光来评判自己的价值呢?身材焦虑、容貌焦虑困扰着许多女性。2020 年疫情之年,大学毕业生就业难，而这一年女大学生整容的人数比前一年高了 10%，因盲目减肥而导致厌食症甚至骨瘦如柴的事例一再出现，又说明了一种怎样的不安呢？

在《你的身体，是一切美好的开始》(*The Body Book*) 一书中，好莱坞女星卡梅隆·迪亚茨 (Cameron Diaz) 写道："我所拥有的一切，都离不开我对自己身体的了解……接受现在的自己，学会欣赏自己的身体……你所拥有的这副躯体，能带你步入人生佳境。你一定要学会，在你这副独一无二的身体中好好地生活。"

营养也好，健身也好，情绪管理也好，都不是为了满足别人对你的评头论足，而是过好自己的生活的需要! 我们要首先对自己的身体负责，才能拥有丰盈的人生。

我们需要倾听身体的声音。"996" 或者 "007"，无论是今天的创业者还是打工人，超时工作、熬夜加班、久坐不动、睡眠不足，已经给我们的健康埋下了一颗地雷。可是年轻时我们往往认为疾病离我们很远，任凭不健康的生活方式慢慢侵蚀我们的身体。情绪因素对身体的影响也往往被忽视。中国女性乳腺癌的发病率这几年呈上升趋势，发病率全球第一，其增速是全球平均增速的两倍，而且发病的年龄比国外年轻 10 岁左右，这与过度劳累、高脂饮食、睡眠不足、压力大，都有一定的关系。

2015 年，33 岁的歌手姚贝娜因乳腺癌复发去世，这一现实中的"红颜劫"令人无限伤感。在这之前，演员陈晓旭、李媛媛因乳腺癌去世时，也只有 40 出头的年纪。

我曾经连续五年担任"粉红丝带运动"的全球形象大使，深知只要发现及时，如果在一期阶段，乳腺癌的治愈率达到 90% 以上；二期阶段，也有 75% 的治愈率。我利用各种机会，提醒女性朋友，不要讳疾忌医，一定要定期做体检，并关注饮食、睡眠和情绪健康。为了唤起更多女性对乳腺癌的关注意识，世界各国的一些女星都曾用拍摄裸照的方式表达对身体的尊重与爱护。而这其中，最让我震撼的，是加拿大女性凯莉•戴维森的一张照片，她坦然展示了自己被切除乳房的身体，并选择在手术的疤痕上文身，接受生命的残缺和美丽，更宣示与癌症抗争的意志与力量。2013 年，美国女星安吉丽娜•朱莉因为自己身上有恶性的基因 BRCA 1 而接受预防性的双乳切除手术，并且著文讲述了自己的选择理由。她说："我选择公开我的故事，是因为我觉得还有很多女性或许没有意识到自己可能会患上乳腺癌……我希望你们能了解相关信息并寻求医学专家的帮助，从而做出正确的选择……就我个人而言，我不觉得自己作为女性有什么缺憾，相反我充满信心，感谢自己做出这个决定，我作为女性的魅力依旧。"在我看来，安吉丽娜•朱莉的真正勇气不仅是选择了预防性治疗手术，而更在于选择把这个极其个人化的选择公之于众，告诉其他女性"生活充满挑战，唯有勇敢面对并自我掌控，我们才能克服恐惧"。

我们的身体无时无刻不在变化之中。要保护好自己，就要了解女性一生中的生理"关键期"，比如经期健康，怎样备孕，产后恢复，更年期管理，等等。与身体的友好相处，需要我们认知它在不同阶段的特点并且接纳它的变化，比如衰老这件事。生命的历程，就藏在小小的细胞里，随着年龄的增加，体内细胞分裂速度放缓，衰老的细胞增多，免疫系统清理衰老细胞的效率降低，而衰老细胞释放的炎性物质在体内堆积，就会引发一些慢性疾病。细胞在衰老过程中复制出错的概率也在增加。例如阿尔茨海默病，主要就是因为蛋白质发生错误折叠并且在大脑中沉积造成的。

我必须坦白，在我发现自己长出第一根白头发的时候，我毫不犹豫地拔掉了它。但是它倔强地一根一根地长了出来，仿佛嘲笑我的自欺欺人。

面对身体的变化，我们可以选择抗拒，也可以选择接受它并泰然处之。50岁，当我发现自己的眼睛开始变花的时候，第一时间去了眼镜店，配上一副老花镜。这一天总会来的呀! 接着是更年期来临。荷尔蒙水平下降让人无来由地一阵阵出汗，夜里也睡不踏实。不过，通过读书和咨询医生，我知道这一切都是正常的现象，无须紧张。甚至，当荷尔蒙达到新的平衡时，我体验到了充沛的精力和稳定的心态。怪不得人们说女性在五十岁以后进入了人生的第二春天。

　　饮食、锻炼、睡眠，是保持身体健康和活力的三件法宝。女性在 35 岁之后就要补充钙质，减缓骨质疏松；好的碳水化合物是五谷杂粮，在早餐时可以食用燕麦粥或小米粥，吃全麦面包；出差时饮食不规律，随身带上维生素泡腾片，可以有效补充维生素，增强免疫力；每周保持三次运动，每次 40 分钟左右，有氧运动的同时增加身体的柔韧性。每次锻炼后我们的心情都特别愉快，那是大脑中分泌多巴胺等快乐激素的缘故。说到睡眠，多年的经验让我在车途中、飞机上，都可以随时眯一会儿，哪怕只有 10 分钟，也可以很好地恢复精力。耶鲁大学的贝卡•利维博士用 20 多年时间进行关于衰老的研究。她发现，我们对于身体的认知会导致"自我实现预言"（Self-fulfilling prophecy）。如果在屏幕上快速呈现一些词语，诸如衰弱、糊涂、迟缓、智慧、博学、明智等，因为它们转瞬即逝，实验者几乎来不及看清楚，但大脑还是会在潜意识中捕捉到一些"自己想看到的"词及其含义。结果显示，那些"看到"消极的词更多的老人，比"看到"积极的词更多的老人，在之后的记忆测试中表现更差。这说明，我们对衰老这件事情的认知会影响我们的实际表现，而实际表现又会进一步验证我们的自我认知，从而加剧自我实现诺言。甚至，我们年轻时对年老的认知会在三四十年之后影响我们的实际表现。

制作大型电视节目有时需要十几个小时的连续工作，录制到后半夜两三点也是常有的事。录到后来，身体疲倦不说，头脑运转也迟钝起来，眼睛也开始没神了，所以我开玩笑说："谁说主持是脑力劳动，工作五小时之后就变成体力劳动啦。"比的就是这时候谁的脑筋还在动，还有创意，而且嘴上还跟得上。而这，就靠平日的锻炼和积累了。我今年53岁了，可是在精力上，有时年轻的同事们还比不上我呢。

"真的？"女儿不信，"跟我做一套燃脂健身操吧。"做就做吧。我跟着女儿又蹦又跳，腾转挪移，不一会儿就跟不上她的节奏了。"加油啊，老妈！"女儿一边鼓励，一边偷笑。我呼哧带喘、大汗淋漓，拼着老命做了10分钟，就再也做不动了，一颗心几乎跳出胸腔！

好吧，我服了，已经到了不适合高强度运动的年龄了。看着女儿挺拔的身姿、紧实的肌肉、发光的皮肤……怎么都跟记忆中怀里胖嘟嘟的小婴儿联系不起来。

啊，这就是成长了。

"妈妈，你说啥？"女儿一甩马尾辫，回头看我。

"我说，你真美！"

"女人味"是谁来定义的呢?

什么是女人味?

有人说女人味就是女性独有的韵味或美丽,那么什么韵味或魅力是女人独有的呢? 善良、温柔、清纯、优雅、性感、善解人意? 长发的比短发的更有女人味吗? 穿裙子的比穿裤装的更有女人味? 声音甜美的比嗓门粗的更有女儿味? 化了妆的比不化妆的更有女人味? 被动的比主动的更有女人味? ……

男人不善良吗? 不温柔、不优雅、不性感、不善解人意? 如果男人有修养,是不是就失去了一部分"男人味"? 如果女人气场强大,有决断力,是不是就失去了一部分"女人味"?

这女人味是由谁定义的呢? 这其中有多少是我们与生俱来的生理特征,又有多少是社会文化塑造的结果?

凯特·米利特在《性政治》一书中说道:"我们有理由感叹社会化的巨大功能……在维持两性气质差别的过程中,这一调节贯穿了整个自我持续、自我完成预定目标的过程……文化鼓励男性有攻击性、进取心，而女性气质就体现在被动和默默忍受。"法国哲学家孔德声称男性与女性有着肉体上和精神上的根本差异，女性气质是一种"延长的、未成年状态"，这使女人很难具备人类理想。在漫长的男权社会中，女性的使命是纯洁美丽的女孩，是温柔忍耐的主妇，或者是妩媚荡妇，甚至是可怕的女巫。伍尔夫写道："戏剧里的女性不是美到极点，就是丑得要命，不是好得无以复加，就是堕落不堪——因为这就是一个男人依照他爱情的成功或失败而看到的女人。"就连法国大革命的思想先驱卢梭也说："女性的全部教养就是以男人为准绳，令他们高兴，对他们有用，然后被男人爱戴和尊重……"

对此，1792 年，英国女作家玛丽·沃斯通克拉夫特（Mary Wollstonecraft）在她的著作《为女权辩护：关于政治及道德问题的批判》（*A Vindication of the Rights of Woman:with Strictures On Political and Moral Subjects*）里写道："卢梭先生声称人生而平等，为什么偏偏认为占人口一半的女人是生而不平等的？为什么要让女人保持无知的状态，还美其名曰天真？认为女人受教育的目的就是更好地陪伴她们的丈夫和教育她们的子女？"女人的魅力，是骑士心中的淑女，是丈夫眼中的母亲加护士，是诗人笔下"步态轻盈，从云端款款走来"的缪斯，或者是淫荡罪恶的"莎乐美"，给男人带来诱惑和毁灭。看看中国历史文化中的

玛丽·沃斯通克拉夫特
Mary Wollstonecraft（1759 — 1797）

女性形象，也大致可归为"在水一方"的梦幻女神，守身如玉的贞洁烈女，忍辱负重的贤妻良母，妖媚惑主的红颜祸水……班昭在《女诫》中写道："阴阳殊性，男女异行。阳以刚为德，阴以柔为用。男以强为贵，女以弱为美。"

当然，还有一个花木兰的故事侥幸流传，但她的传奇也被包裹在替父从军的孝道之下才合理化，而且发生在北魏鲜卑族统治的地区，比中原汉族地区的文化开放许多。

说了这么多并不是为了拉仇恨，女人的敌人不是男人，而是坏的规则。我想说明，今天我们口口声声的"女人味"，很大程度上掺杂了男权社会强加于女性的标签，是由男人为主来定义的物化的女性形象，而许多女人身在其中却不自知，还以这些尺度来限制自身的发展。

我小时候喜欢户外活动，常常爬树摘果子、粘知了什么的，身上也常常有尘土，被周围的阿姨们说成"不像女孩子"，很多年后读到西蒙娜•德•波伏瓦（Simone de Beauvoir）的《第二性》（*Le Deuxième Sexe*），她写道："我要把女人放在价值领域，赋予她的行为以一种自由度。我认为，她有能力在她坚持超越和被异化为客体之间做出选择……"小女孩爬树不是为了证明她与男孩是平等的，或者可以像男孩子一样优秀，为什么没有想到，她可以碰巧喜欢爬树！她还写道："习俗和时尚常致力于割断女性身体与超越的可能性之间的关系。裹足的中国女人步履艰难，高跟鞋、胸衣、裙撑……与其说是为了突出女性身体的曲线美，不如说是为了增加它的无能……梳妆打扮和珠光宝气加深了这种身体的僵化，让女人成为一种偶像，男人的装饰物……"女人的美丽、魅力、优雅，成为丈夫权力与财富的最明显的外在标志，就如易卜生笔下的娜拉对丈夫说："你一直对我很好，但是我们的家庭不过是一间游戏室，我只是你的玩偶妻子，就好像我小时候在家里是爸爸的玩偶孩子一样。"1968年美国女性走上街头，抨击"美国小姐"的选美活动。她们指出，女性深恐自己的相貌和身材达不到男性的审美标准，而把日常生活也当作了一场持续不断的选美。她们将乳罩、腹带、紧身衣一类的东西扔进了垃圾桶。据说当场并没有人焚烧乳罩，但"烧乳罩"还是成了新闻头条，用以丑化这些女人是多么嫉妒真正的美女，而且是多么"没女人味"。

在1963年出版的《女性的奥秘》中，社会学家弗里丹写道："所谓的女性气质，已使美国妇女成为一个目标和针对性别销售的牺牲品。"各种家用电器、速食食品、清洁工具，都把中产阶级女性作为销售目标对象，让她们以为用了这些东西，就会更有"女人味"，更有满足感和幸福感。1962年6月10日的《纽约时报》(*The New York Times*)刊登了大幅化妆品广告，画中一位艳丽的女人穿着晚礼服，身旁有两个漂亮可爱的孩子，广告语是："把女人味提高到绝对的顶峰。"女人味，有利可图啊! 今天，在中国铺天盖地的广告中，不必费力就可以找出众多以"女人味"为营销点的广告。比如有一则卸妆棉的广告，描述了一名美女深夜被不明男子尾随，情急之下女孩灵机一动，用该品牌湿巾卸了妆，露出"真容"，成功地解救了自己。还有广告中不乏口服液让你"十足女人味"，裙子让你"有花才有女人味"，抽油烟机"没有油烟味，只要女人味"……女人味真的很好卖! 于是在广告中，刻板的"女人味"被不断强化：一筹莫展的职场小白等待拯救，能把一切打扫干净的家庭主妇，风姿撩人的性感女郎……进而转化为市场调查中"女性的需求"!

这些年，我组织也参加了不少女性论坛，我发现，所谓的女性气质真的是一把双刃剑。多少次，我听到人们赞美女性领导力时会说"女性重视细节、知道示弱、更加感性、直觉力强、有亲和力、善于妥协、有韧性"等等，而这些赞美的另一面其实就是对女性领导者的偏见：格局不够大、自信不足、过于迎合、缺少长远眼光、斤斤计较、过于敏感、情绪化、缺少逻辑性、原则性不强、优柔寡断……你看，有多少过度夸奖，就有多少个"但是"在后边等着你呢。在职场上，有这样的双重标准：男性把所有精力都放在工作上，那是"进取心强""靠得住"，如果是女性，那就是"不能平衡事业和家庭"。男性力排众议、当机立断，那是"果敢，有领导力"，如果是女性，那就是"走过的路上都不长草"。

脸书的首席运营官雪莉·桑德伯格 (Sheryl Sandberg) 在《向前一步：女性，工作及领导意志》(*Lean In: Women, Work, and the Will to Lead*) 一书中说："我们的传统观念，将男性与领袖特质相关联，将女性与抚育特质相关联，并且让女性处于两难的境地。"有一个实验，是向两组学生描述了一位职场人士怎样通过爽直的个性和强大的人脉成为一个成功的企业家。不同的是，第一组的主人公叫"霍华德"，第二组的主人公叫"海蒂"。结果，所有学生都认为霍华德和海蒂有能力，但他们更想与霍华德共事，而海蒂听上去是个自私的人。这个实验再次证明了性别偏见的存在：对男性来说，成功度与受欢迎程度成正比，而女性却正好相反。所以，如果一位女性表现得有"女人味"，那她就很难在职场上受到足够的信任去担当重要工作；如果她完成了重要工作，那她就有可能失去"女人味"，甚至遭受敌意。几年前，中国的一位男性外交官在会见韩国资深女议员时，"美女"长"美女"短，引发韩媒不满，认为这是对这位女议员不尊重。而中国外交官可能觉得委屈吧："我这不是在恭维对方吗?!"反观我们自己的媒体上，动辄称呼"美女官员"，似乎暗示美貌在她们的晋升中起到了什么作用，或者是说："看，她们手握权力，但是还有女人味。"曾经有一位女部长吐槽说："在个人形象上我要拿捏分寸，既不能失去'女人味'，又不能太有'女人味'，头发烫的波浪有多大，服装的时尚度，都要小心才行。"我能理解她的不容易。

美国作家约翰•克兹马 (John Gerzema) 和迈克尔•德安东尼奥 (Michael D'Antonio) 利用大数据分析写成了《雅典娜原则》(*The Athena Doctrine*) 一书，提出"雌雄同体"的新时代领导特质的概念。他们发现那些传统的"男性气质"和"女性气质"在真正优秀的领导者那里并没有清晰的区分。那些卓越的男性领导者会表现出"慈悲、善解人意、善于妥协、包容"等所谓的"女性气质"；而卓越的女性领导者也表现出"有格局、勇敢、决断、逻辑性强"等所谓的"男性气质"。面向未来的领导人才需要的更是一些中性的特质，比如：与人联结的能力、尊重他人、坦诚、耐心、共情能力、值得信任、开放的心态、灵活性、协调能力等。于是他们搬出了希腊神话中的女神雅典娜，作为刚柔并济的领导力的象征，因为她是智慧、公平与实力的代表，既是战神，也为世界带来和平的橄榄枝。在这个变得更加扁平、透明的世界上，我们想要获得成功就需要合作、沟通、支持、包容的精神，而要在成功的同时争取人生的幸福感，就更需要有同理心、利他心，善于学习、善于创新等特质。甚至，成功和权力的定义也在被修改。过去，权力是指控制多少财富和多少人力，而在今天，权力在于能为多少人赋能，创造多少机会。过去的管理风格以性别划分，而在未来，管理者更可以有个性化的风格，不必害怕展现出丰富的管理技巧而被别人说"缺少男人味"或"缺少女人味"。是的,这世界上只有好的管理者或坏的管理者,而不是男性管理者或女性管理者。

德国总理默克尔有一次被问道:"我们注意到你总是穿同样的西装,你没有另一件吗?"她回答:"人们选我是做政府雇员,为他们服务而不是当模特。"另一次有人问她:"你有女佣吗?"她回答:"我没有女工,我丈夫和我每天自己做家务。"又有记者问:"你和你丈夫谁洗衣服?"她说:"我整理衣服,我丈夫负责操作洗衣机。好了,我期望你该问我政府工作的成功和失败了。"

"女人生来就与男人不同。"这话当然不假。但是更多的时候,生理上的差异被归纳为文化和价值上的差异而固定下来。波伏瓦在《第二性》一书中写道:"女人不是天生的,而是后天形成的。"

性别差异是不是造成性别歧视的理由?加州大学旧金山分校的神经心理学家露安·布里珍丹(Louann Brizendine)写了一本畅销书《女性大脑》(*The Female Brain*),通过对脑结构和神经学的研究,探索"究竟什么造就了女性"。女性在智力上低于男性吗?有一个事实是:男性大脑比女性大脑在体积上大9%左右。在19世纪,科学家们由此得出男性脑容量比女性更大的结论。但是当代研究发现,男女大脑的体积虽然有所不同,但脑细胞的数量是一样多的,只不过女性大脑中细胞的排列密度更高。在大脑的语言神经区，女性的神经元比男性多11%，负责情绪和记忆的海马体也比男性大一些。在理解抽象概念和三维图像时，女性的神经回路首先激活的是视觉识别，这意味着男女得出同样的结论，使用的是不同的路径。男性大脑中负责性冲动和进攻行动的区域是女性的2.5倍。男性的杏仁核也比女性大一些，这部分大脑负责处理本能反应，比如恐惧和进攻，也许能解释为什么男性更好战，而女性更倾向于平息冲突，她们对冲突产生的压力更为敏感。而性激素的分泌规律也对大脑的运作有影响，会让女性在每个月特殊的那几天感到沮丧和对自己不满意，这使得女性在青春期之后患抑郁症的概率是男性的2倍左右。

2005年时任哈佛大学校长的劳伦斯·亨利·萨默斯在演讲中说男女在数学和科学方面的能力和表现有明显差别。虽然他也提到这其中有文化因素，但仍然引起了学术界的哗然而被迫辞职。布里珍丹在书中分析道："在青春期之前，男女在数学和科学方面的能力没有差别。青春期后，荷尔蒙的分泌使女性把更多注意力放在与情绪沟通相关的问题上，而男孩子则变得对竞争更有兴趣，也相对更沉浸在独自的小空间里。"这也许可以解释为什么高中以后的女生对与人交往类的职业更感兴趣，但这些毫不意味着她们在科学研究方面的智力和能力有任何低于男性之处。换句话说，这是兴趣问题，不是能力问题。是长期存在的认识偏见让女性"远离"了与科学相关的领域。

获得诸多专业奖项的分子生物学家颜宁女士在接受联合国新闻的采访时说："你可说艺术是感性的，但艺术家中男性就比女性少很多吗？也没有。当女性从家庭中解放出来，让她能有更多精力投入科研里面，你就发现女性教授的比例越来越高。"

2016 年我在制作纪录片《探寻人工智能》时，发现世界两大著名学术机构，斯坦福大学人工智能实验室和麻省理工学院计算机科学与人工智能实验室的主任都是女性，一位是李飞飞，一位是丹妮拉·莫斯，她们也认为，很多关于性别认知差异的"现实"只是一种被不断强化的传统观念而已，没有科学依据。她们鼓励更多女性投身科学研究。李飞飞就每年举办高中女生的人工智能夏令营。她发现，如果要吸引男生学习人工智能，她只需要说"这事儿很酷"，而面对女生，她会说"这事儿可以让我们的父母、祖父母生活得更有尊严"。这只是引起兴趣、引导选择的路径不同，与学生的科研能力无关。女性在科学领域不仅同样有能力，而且可以把更多人文关怀带入。毕竟，科技决定我们奔跑的速度；爱，才决定我们奔跑的方向。

在我们提倡更多女性勇敢追求科学梦想的时候，也要看到社会集体无意识当中的性别偏见仍然非常强大。比如，在美国的中学里，女生因为成绩和能力被选入"天才班"的概率比男生高出 9%，但父母在网上搜索"我的儿子是不是很有天赋"的比例是"我的女儿是不是很有天赋"的 2.5 倍；搜索"我的女儿是不是体重超重"的次数是搜索"我的儿子是不是体重超重"的 2 倍；搜索"我女儿是不是漂亮"的次数是儿子的 1.5 倍；搜索"我女儿是不是很丑"的次数居然是儿子的 3 倍! 当家长更重视男生的认知能力却更在意女生的外表时，那些不经意间传达的期望和标准，就在塑造今天的女生们对自己未来的期待。当幼儿园的老师向男生的家长推荐机器人编程而向女生家长推荐音乐舞蹈班的时候，孩子未来的人生规划已经开始分化。好多我们认为天经地义的"性别差异"其实不是男女与生俱来的气质，而是我们在有意无意间不断强化的偏见而已。而这些偏见限制了我们对于未来的想象力，既限制了女孩子，也限制了男孩子。但是，性别本来就不应该限制人生成就的可能性。

我是女人，我定义自己的女人味儿。

如果有一天你遇到一位常爬树的小女孩，请记住，她不是要证明什么，她只是碰巧喜欢爬树而已。

我们为什么喜欢买买买

女人的消费是经济的晴雨表。在这方面，有不少理论。比如，经济不景气的时候，女人买口红更多、裙子更长的现象被称为"口红经济"和"裙子经济"。当然这些理论也有不灵验的时候。比如2020年疫情期间，全球经济负增长，但女人花在口红上的钱下降了。我估摸着这是因为大家天天戴口罩，抹了口红别人也看不见，还把口罩内侧搞得脏兮兮的。裙子更长的理论也未必准确，因为曾经女人买不起丝袜，只好把裙子边放长，但现在丝袜已经非常便宜了。日本人还曾提出过"头发理论"，即经济好的时候，女性留过肩长发的达六成，但经济下滑时，短发成为主流。可现在短发本身就超流行，接发呀，戴假发呀也很普遍。我看，这一招也不一定灵了。

如果你在网上问女人："你减压的最好方式是什么?"九成以上女性回答"买买买"。生活压力大，女人需要通过消费来减压，取悦自己。加了一天班很疲惫，忍不住买些面膜自我呵护一下；被老板训斥一顿，心中憋屈，剁手买了一直喜欢的包包平复一下心情；跟男友大吵一架，约上闺蜜去吃顿火锅，吐槽吐槽。"买买买"成了一种心理补偿和安慰机制，让你重获掌控生活的安全感。哪怕只有短暂的欢愉，哪怕衣柜已经快要爆炸，也在所不惜。正因为购物的心理需求如此强烈，所以商家在推销时，不再把价格和功能当作唯一杀手，而是更强调某种幻想的快乐场景。比如"维多利亚的秘密"，每场大秀都要刻意创造美丽奢华、浪漫的场景，让每位观看的女人都幻想着自己穿上这样的内衣，也能如 T 台上的超模般魅力四射。至于内衣用了多少布料、功能如何，谁会去计较呢？

　　说起内衣，2019 年唯品会和艾瑞咨询公布的一项消费报告指出，中国中产女性对文胸的需求发生了重大变化。曾经热衷于购买 C 罩杯文胸的女性少了，A 罩杯增多。关注自身舒适度、无钢圈的文胸销量激增。看来更多女人的文胸消费从"悦人"到了"悦己"，深圳、北京的女性尤其如此。这与近年来审美潮流的变化不无关系。身材并非"波涛汹涌"的超模，如刘雯等明星的走红，在脱口秀演员杨笠的表演中被解释为"平胸表达的就是对男人的不屑一顾"。虽然只是一种调侃，却也表达了女性对于身材的更多自信。

　　女性在运动装备方面的消费与日俱增，增速超过男性。运动内衣、瑜伽裤和速干 T 恤一路领跑。不仅在健身房，这套搭配外面罩上风衣、皮衣就可以上街了，个性感十足。奢侈品纷纷推出运动鞋，而这也是以女性消费者居多。运动成为时尚，时尚包装运动，已成就了不少爆款。有趣的是，女性也成为搏击类运动的拥趸。2018 年，淘宝上女性购买拳击手套的金额增加了 75%！不知这些"拳"落到了谁的身上？购买全套跑步设备的女性增长了 1389%，购买运动耳机的金额也增长了 128%。

购买力是一种控制力的体现。有研究数据表明，中国女性是个人消费和家庭消费 75%—86% 的决策者，包括传统上以男性决策为主的房产、汽车等消费项目。近七成中国女性名下拥有房产，其中自有住房的占比 23.7%，个人收入和学历越高，名下拥有房产的比例也越高。

女性既是精明的消费者，也是盲目的跟风者。这似乎有点矛盾。信息畅通，货比三家，让她们对品质和性价比的敏感度越来越高，而且不是一味地"要便宜"，而是知道如何在促销时"占便宜"，以显示自己的聪明能干。但她们同时也随时愿意为自己中意的明星、直播主播推荐的货品冲动下单，因为这体现了认同感和归属感，有一种"我喜欢你，愿意成就你"的参与感。这成就了薇娅、李佳琦们的直播带货奇迹。由此可见，进入小康社会后，这"买买买"背后的精神与情感诉求才是重点。"只要我愿意，就能够获得快乐。"

买买买，是一种自我表达，甚至价值认同，当然不是单纯的经济行为。比如近些年消费者对国货的支持和对本土文创产品的追捧就让人看出文化需求的旺盛。从故宫口红到百雀羚的彩妆"美什件"礼盒，从大白兔润唇膏到中国李宁的风靡，一个个文创爆款的诞生，也预示着一轮文化复兴的强大市场支撑。2020 年年底北京的一场雪，大批年轻人身着古装出现在故宫，打卡拍照，发朋友圈，一时间"遍地格格，满眼小主"，顾不得严寒，兴致勃勃，煞是可爱。近几年，以汉服为首的小众服饰文化吸引了很多年轻女性，形成年销售额超百亿元的大市场。杭州西湖之畔，成都的锦里、宽窄巷子，到处都可以看到穿汉服的身影。Z 世代女生对品牌的理解超越以往，"后浪"们不仅关注颜值，更看重格调和创意。从"物理高价"到"心理溢价"，可以为情怀埋单。国潮的兴起，并非偶然。法国人丹纳（Hippolyte Adolphe Taine）在《艺术哲学》（*The Philosophy of Art*）一书中就预言："一个国家或地区，在经济持续繁荣 30 年后，会有文艺复兴的机会出现。"而中国的改革开放已经走过了 40 年。

其实，"买买买"对个人心理的影响也是巨大的。我们如何消费才能获得更持久的满足感呢? 心理学和社会学的调查研究表明，物质带来的快乐有一种"边际效益递减"的规律，即在满足了生活基本的安全与体面后，实物型消费带来的幸福持续的时间并不长，无论是包包、衣服，还是汽车、房子。但是我们的思维中存在着一种聚焦错觉。当我们把关注聚焦在某件物品的时候，头脑会放大它能带来的效益。一件被"种草"又迟迟没有到手的商品的确会让你在购买并拥有的那一刻欣喜若狂，但通常3—6个月以后，这种满足感就所剩无几了，你又会产生新的不满足，于是人们为了维持这种快乐，就会更加频繁地买买买。

与此同时，体验型的消费往往能给我们带来更为持久的快乐，因为它会强化我们的自我意识。

我们买了一个新手机，无论多么喜欢，也很难把它当作自我的一部分，而只是一个工具。俗话说，就是身外之物。但体验型的消费，比如旅行、阅读、看演出、去美术馆，让我们从中得到的经历、感受或感动会更成为我们自我意识的一部分。比如我上大学时用做家教挣的钱与另一位女同学一起去黄山旅游。那时的交通条件很差，在山顶上住宿时只能租一件军大衣，睡在大通铺上。但清晨，在料峭山风中目睹太阳跃出云海的壮丽景象，让我终生难忘。20多年之后，与我一起去黄山的好友已经英年早逝。在她的追思会上，我把我们在黄山天都峰拄杖攀登的照片放大，摆放在她的灵前，寄托无尽的哀伤和惋惜，致敬我们曾经拥有的美好青春。

无论是购买一件实实在在的商品，还是为一次全家的旅行埋单，并不是非此即彼的选择。即时的满足感，加上长久的记忆，都能最大程度地发挥金钱的作用。有研究显示，对于儿童而言，12 岁以前，他们对看得见、摸得着的实物消费更感兴趣，12 岁之后，则逐渐增加了对体验型消费的好感度。这也是父母们需要了解的礼物心理学吧。

消费具有改变世界的力量。外交学院的施展教授有过这样的论述："当这个世界 95% 的人生产，5% 的人消费时，君主、国王、皇帝就是世界中心；当这个世界 95% 的人生产，95% 的人消费时，公司就是世界中心；当这个世界 5% 的人生产，95% 的人消费时，谁将是世界中心？不言而喻。"17 世纪，因为欧洲旺盛的对中国丝绸和茶叶的需求而带来的贸易逆差，促使英国人用鸦片来赚取中国人的白银，甚至不惜发动战争；世界对石油的消费依赖重写了中东地缘政治的历史，1973 年石油危机时，石油输出国组织成立。当时原油价格从 1973 年的每桶不到 3 美元飙升到 13 美元以上。美国国务卿基辛格说："有史以来，还没有一个由弱小国家组成的集团能迫使占人类绝大多数的其他国家的民众如此戏剧性地改变生活方式。"

21 世纪全球气候变化迫使各国为地球人共同的未来改变生产方式。碳达峰、碳中和成为明确的目标与承诺。科技进步、生产力发展改变着我们的消费方式，但人类也可以尝试通过改变消费方式，重塑生产方式。比如，减少白色塑料袋的使用，拒绝使用濒危野生动物制品，采用可再生能源，购买有绿色环保认证的企业所生产的商品……消费者通过购物行为选择让什么样的企业获利发展。据不完全统计，因为人们环保意识的增强，拒吃鱼翅的人增多，中国鱼翅消费在2009—2015年间下降了70%左右。"没有买卖，就没有杀戮。"这句国际环保组织"野生救援"（WildAid）的口号深入人心，吸引了公众人物的参与，倡导全社会践行可持续的生活方式。

新的生态伦理正在改变中国人的消费观念。过度包装、浪费资源、污染环境的消费方式给自然环境造成了太大压力，也终将危害人们的生产。有节制的消费方式逐渐成为时尚。这并不是道德说教，也不是浪漫想象，而是人类基于自身和后代生存发展的理性选择。过度的物欲不仅让环境不可持续，也并没有带来期待的快乐与幸福。那么为什么不试着从"断舍离"中重新找到家庭与个人生活的秩序呢？

女性与环境之间存在着内在联系。女性对生命的养育使她们自然地关注环境对下一代的健康与安全的影响。她们对食品安全的焦虑和有机食物的偏爱传导给食品企业，促使他们淘汰被污染的食物源和不健康的加工方式。她们对物种多样性的关注，使时尚界反对珍稀动物皮草和象牙、犀牛制品成为共识。作为家庭消费的主要决策者和下一代生活方式的培养者，她们的消费决定影响着孩子们日后的消费习惯。2017年《女性生活蓝皮书》调查发现，超过 20% 的女性在住宅安装新风系统，购买净化装置；超过 40% 的女性倾向于购买新能源汽车；超过 90% 的女性希望生活在有绿色植被的环境中。

女性也通过消费投资于自己的可持续发展。中国女性学习的意愿在全球名列前茅。各种社会调研都显示近 65% 的中国女性参加各种学习和培训，年均支出超过 4000 元。各大知识付费平台上，女性的比例都在一半以上，甚至达到 70%。她们不仅舍得给孩子的教育花钱，也愿意投资于自身的认知和能力提升。职场、生活、亲子、健康等内容位于她们知识订单的前列。其中已婚女性占到 84%，年龄段占比最大的则在 30—39 岁之间，其次是 40—49 岁。与孩子一起"双成长"，正在成为妈妈们的主动选择。"我可不能落伍了，将来孩子会瞧不起我的。""不学怎么行？孩子有各种成长关键期，做妈妈的要懂得他们的需求才行。""天下女人研习社"的会员们就以 30+ 的职场妈妈为主。我们推出的"双成长计划"，聚焦女性成长和家庭教育，制订了提升孩子的情绪管理、行为习惯、认知能力和社会性养成（ABCS）的课程结构以及与之相关的 16 种能力，如专注力、想象力、沟通力、解决冲突的能力等课程，都受到妈妈们的欢迎。为满足商界女性的需求，2021 年，"天下女人研究院"与哥伦比亚大学巴纳德女子学院联合推出了面对商界女性的"梧桐计划"，以 10 项思维方式和行动能力的培养，系统性地提升女性企业家的综合领导力。

2020 年"双十一",天猫平台成交额 4982 亿,京东平台成交额 2715 亿,购物成为真正的狂欢。"买买买"背后涌动的旺盛需求,是一个消费升级时代的群体表达:你所渴望的美好生活,离你只有一个下单的距离。

而你只需要,做出明智的选择。

Part Two
BECOMING 成为谁

大女生，走四方

2007 年，我一走进海伦·布朗 (Helen Brown) 在纽约的办公室，就被沙发上的靠枕所吸引，艳黄色的布面当中绣了两行字："好女孩上天堂，坏女孩走四方。"这位美国 *Cosmopolitan* 时尚杂志的前主编，美剧《欲望都市》(*Sex and the City*) 女主角的人物原型，在 1962 年出版了《单身女子与性》(*Sex and the Single girl*) 一书，向单身女性提供有关约会、性、工作、赚钱、时尚等各方面的建议，大胆颠覆传统淑女形象。她第一次将"性"高调放进女性杂志，鼓励女性参与公开讨论，提倡单身女性也可以有性生活的乐趣。她认为女人最大的任务就是做好自己，不要企图从男人那里得到什么来解决自己的麻烦，想要的东西都可以自己去创造。她的名言就是："好女孩上天堂，坏女孩走四方。"其惊世骇俗，一时无二。我采访她的时候，她已是耄耋之年，依然保持率真大胆的风格：颜色鲜艳的连衣裙，渔网袜，烈焰红唇，表情生动。"无论如何我都不想回到 20 岁。几十年来我的生活如此丰富多彩，对此我很满足，我可不想回到过去，让往事重来一遍。我只想继续生活，活得长久些！"她说着爽朗地大笑起来。

30 年后，德国心理学家乌特•埃尔哈特 (Ute Ehrhardt) 以这句话为书名，写了一本书告诉女性，与其在自我束缚和内心恐惧中艰难生活，不如选择一条独立的道路，发现自身的价值，进行自我释放。她认为，女人的一生不是父母的续集，不是儿女的前传，更不是朋友的外篇，只有对自己的一生负责，才是出路，因为男人担不起这个责任。"好"女孩循规蹈矩，"坏"女孩敢于放弃，以独立的姿态行走在这个世界上。这本书畅销全球，连德国总理默克尔都说："这本书改变了我的生活，让我可以快乐坦然地奔向自己的目标。"

对于我而言，"走四方"实在太有吸引力。大女孩走四方！

我在职业生涯中主持的第一个电视栏目《正大综艺》就是个"走四方"的节目。每个周末带领观众周游世界，快哉快哉。20 世纪 90 年代初的那几年，"不看不知道，世界真奇妙"红遍大街小巷，那时大多数中国人还没有私人护照，对外面的世界充满好奇。这个栏目几乎是当时人们了解世界的唯一电视窗口，收视率常常在 20% 以上。当时节目的外景主持人来自台湾，而我这个演播室主持人，直到两年后才有机会第一次跨出国门，到泰国进行拍摄。曼谷的水上市场、芭提雅的"人妖"表演，都让我大开眼界。可是第一次出国，也闹了不少笑话。比如到了酒店前台没有信用卡，只能用现金当押金；在自助早餐厅，不知道果汁桶开关怎么用，差点把它掰断了；把室内空调的热风当作了冷风，晚上热得怎么也睡不着，还不敢告诉别人……真是出"洋相"。

古人说，读万卷书，行万里路。世界何其大，人生何其短，唯上下求索，穷尽可能地去见识、去体验、去领悟，才不枉此生啊。屈指算来，我已经去过近50个国家和地区，数百个城市和乡村。每座山、每条河、每座教堂、每个博物馆，都有自己的故事；每个餐馆、咖啡馆、市场、码头，都有自己的腔调。当时间洗涤、过滤掉行程中的烦琐和疲惫，留下的记忆往往是某个时刻的极致体验。我清晰地记得在爱尔兰高达200多米的莫赫悬崖边，阴沉的天空、咆哮的波浪、强劲的海风，把从海面升起的雾气与细雨搅和在一起，冷冰冰地、不留情面地甩到脸上，仿佛在检验着你的成色。或者是爱琴海的阳光，穿过澄清的蓝天和明亮的海水，毫不羞涩地热烈地拥吻你，让你面红耳赤甚至晕眩。有时，你突然与伟大的灵魂四目相对，正如在米兰圣玛利亚修道院迎面遇到《最后的晚餐》，耶稣从容忧伤地俯视着你，你从他的衣褶里能看到达·芬奇在湿墙上作画的笔触，感受到他的速度和力道；有时，你无意中能摸到时间，在埃及尼罗河畔的卢克索神庙，3500 年的宏伟殿堂留下耸立的廊柱，上面精美的图腾与文字被沙石吹拂、被烈日蒸烤、被刀剑劈砍，沉静地诉说生的荣耀，死的安详。2016 年我在这里主持两国元首参加的中埃文化年开幕式主题演出，那一天古老的石柱披上了中国红，庄重而辉煌。就在正式演出并现场直播的时候，突然出现了断电的情况，除了现场的照明灯，包括主持人话筒在内的舞台设备都无法正常工作。面对这突如其来的状况，我告诉自己要镇定，并且用英语跟搭档的埃及主持人说："我们没有麦克风一样可以主持，3500 年前的祭司不也没有麦克风吗？"接着我张开双臂，高声问后排的观众是否能听见我们的声音，他们热情地用掌声回应。不久之后，供电恢复，演出继续进行。第二天我在街上遇到的埃及人纷纷向我微笑问候，说他们前一天收看了电视转播，并赞赏我随机应变。哈哈，没想到在这里也收获了不少粉丝。

　　猎奇、观光，于大千世界中寻找新的刺激，丰富自己的认知与感悟，或许只是走四方的表面意义。不识庐山真面目，只缘身在此山中。在旅行中回头看见自己，才是真正的收获。王阳明说："汝未看此花时，此花与汝心同归于寂。汝来看此花时，此花颜色一时明白起来。"这世界本不在乎我们的存在，却因为遇见，都发生了微妙的变化。我们与从未谋面之人达成一种共鸣，于貌似不相干的事物中找到联结，进而更了解自己的心，才是真正的获得吧。行为艺术家玛丽娜·阿布拉莫维奇曾经在美术馆里坐了 736 小时，默默地与坐在对面椅子上的 1000 多名陌生人四目相对。她的脸上没有任何表情，仿佛是一个没有情感的容器，接受着对面坐着的人的人生和情感。在她面前有人尴尬，有人痛哭，有人微笑，有人愤懑……但她都面无表情。直到有一天，她年轻时的情人意外地坐到她面前，他们已经 22 年没有见面了，她的眼神里露出惊讶、迟疑，继而泪流满面。最后她伸出双手，与他的手紧紧握住，两人相视露出温柔的笑容。一切的遇见，都是久别重逢。而这个艺术作品的名字就叫作"艺术即为当下"。

这世界上有些人并不急于到远方寻找诗意，他们把自己的日子过成了一首诗。虽然与他们萍水相逢，却让我有久别重逢的亲切。我偏爱那些专注的匠人。在东京百年寿司店里，我遇到一晚只做一席的师傅，淡淡地说他学徒八年才被允许上桌制作料理。在法国，我遇到三代单传的调香师，能嗅出上千种气味的不同。当我挑战他如何调制出阳光的味道，他像一位解题高手般告诉我，阳光的明亮来自保加利亚的玫瑰，阳光的温暖来自马达加斯加的香草。为了让这阳光的味道有丰富的色彩，他还加入了一百多种香以搭建平衡的结构，就像盖一座教堂。还有在黄山脚下安心做漆器的甘而可大师，割漆、制胎、做捻、上漆、阴干、上漆、阴干、上漆……上百道漆的覆盖，历时两三年，然后打磨、抛光……灿若云霞的犀皮漆工艺再现人间。他的夫人打趣说："你看院前平地上已经造起了高楼，而你连一只瓶子还没做完。"他说："楼盖得不结实，30 年不到就会被拆掉。我的瓶子过 300 年依然如此。到时候有一个人，捧着这只瓶子，能理解我今天的用心，足矣。"

懂得，最为可贵。

2020 年，我带领团队为南昌滕王阁制作实景演出《寻梦滕王阁》。1300 多年以来，这座建筑历经 29 次重建。是什么力量让人们执拗地屡毁屡建？它耸立在赣江边，似乎是一枚巨印，记刻时间的流逝、王朝的兴衰。但更让人念念不忘的，是历代在这里驻足的文人墨客和他们留下的诗篇。他们在不同的境遇中来到这里，咏诵着王勃的《滕王阁序》，却有着不同的感慨：是"落霞与孤鹜齐飞，秋水共长天一色"的景色？是"三尺微命，一介书生"的认同？是"命途多舛，冯唐易老，李广难封"的愤懑？是"穷且益坚，不坠青云之志"的自勉？或是"槛外长江空自流"的惆怅？苏轼曾在这里用他漂亮的行书恭恭敬敬地抄写了一遍《滕王阁序》；他的政敌王安石在这里写下"白浪翻江无已时，陈蕃徐孺去何之"的叹息；黄庭坚来过，辛弃疾来过，文天祥来过，汤显祖来过，王阳明来过……当梁思成 1942 年于战乱中来到它面前时，他于废墟中看到了什么？他精心绘制的《重建滕王阁计划草图》，成为今天滕王阁的设计蓝本。人们哪里只是来观楼赏景？分明是在寻找自己心里的一首诗，在诗里寻找一个知音、一点慰藉、一点勇气……

走四方，吸引我们的不总是美好的事物。有一些场景，不在你的影集里，却刻在你的灵魂里。波兰华沙的中心广场，是游人拍照打卡的地方。广场四周不同时代风格的建筑色彩丰富、错落有致。我和家人坐在广场中央的咖啡厅里，品着咖啡，听着街头的小提琴演奏和孩童的嬉笑，一派祥和，仿佛时间已经静止。突然，身边的波兰朋友说："你知道吗，你看到的每一幢建筑都是重建的。"让我不禁打了一个寒噤。原来，二战末期，华沙举行反纳粹起义，起义总指挥部设在古城。起义失败后，希特勒下令把华沙从地球上抹掉，用炮弹和炸药摧毁了90%的城市。战后，波兰人找到当年的图纸，按原样重建城市，共有900多座具有历史意义的建筑物得以修复。波兰人的坚韧可见一斑。就在离华沙300多公里远的地方，我亲眼看见了奥斯维辛集中营里堆积如山的犹太人的手提箱、眼镜、鞋子和头发……还有大门上写的纳粹标语："工作让你自由。"我的心被再次强烈地震撼。在这里，曾有多达200万犹太人被毒气屠杀。墙上布满人们穿着囚衣的照片，标准的尺寸、冷静的拍摄、整齐的排列，人不再是人，而成为一种物体、一种标签，让人不寒而栗，有夺门而逃的冲动。你不禁要问为什么，那些平日里善良的普通人，甚至包括博学的知识分子，却沦为纳粹的帮凶，去迫害这些素不相识的人?

话题到这儿有些沉重了。不过,如果你决定去面对这些真实发生过的故事,你心中自发的悲悯与良知,可以让你对人性有新的认识。黑暗与光明、残忍与善良同时存在,看你如何去选择。

在精神的旷野中我们探索着方向,推己及远,体会天地之间的生命力量。

一个女孩能走多远? 是由梦想决定的。

我曾两度采访动物学家珍•古道尔 (Jane Goodall),80 多岁的她将一头白发梳成清爽的马尾辫,笑容迷人,目光清澈,让人不由得愿意亲近,就连朋友家凶悍的大狗,也温顺地伏倒在她的脚下,任她轻抚。从她的眼神里,你依然能看到那个 21 岁的英国姑娘,决定前往非洲的冈比热带丛林去研究黑猩猩的习性,而且一住就是三十几年。在那个年龄,一位英国淑女"应该"做的事,是嫁个好人家,怎么能一个人跑到原始森林里去呢! 幸运的是,她有一位理解她的母亲:"珍,如果你真想做一件事,你就要努力,就要抓住机会,永远都不要放弃,这样你一定会成功的。"珍的丈夫德里克因癌症去世后,她又回到冈比丛林,寻找能够支撑她活下去的力量。在《大地的窗口》(*Through A Window*) 一书中她写道:"我每天花数个小时走在林野间,比以前更加亲近黑猩猩。我这时与他们在一起,目的不

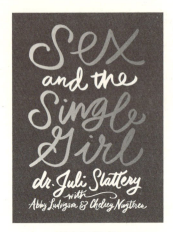

《单身女子与性》
Sex and the Single girl

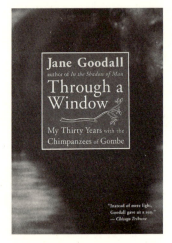

《大地的窗口》
Through A Window

是观察、学习，而仅仅是与他们做伴。他们对我一无所求，也没有怜悯。当我的心神逐渐康复，我开始越来越明白自己与人类这些体质上的近亲，有新的直觉上的同理心。"自然接纳了她，治愈了她，她也相信大自然有自我复原的功能，只要人类给它机会，给它帮助。"我们这个世界所面临的问题就像一堵堵墙，而年轻人就像无数的根与芽，可以生长，甚至推倒这些墙。这就是我怀抱希望的原因。"

如果你有机会去武夷山旅行，一定要去五夫，看看朱熹的故居和万亩荷塘。他诗中的一鉴方塘、几亩稻田、一带远山，仿佛从来没有改变。"问渠那得清如许，为有源头活水来。"心头的活水，才让这眼中的风景，一时生动起来。

走四方的大女生，世界就在那儿，等你的到来，已经很久了。

被看见的勇气

2020 年 11 月 7 日。

特朗普还没有认输。虽然美国总统选举计票显示拜登已经赢得了 273 张选举人票，超过 270 张选举人票的获选要求，而且票数还在增加。各主流媒体纷纷宣布拜登获胜，就连一贯支持特朗普的福克斯电视台也是如此。而这时，特朗普发出了声明："选举还远远没有结束。我们的竞选团队将要在法庭起诉，以确保选举法被完全遵守，真正的胜利者被选出……"就在这之前的一天，他还在推特上用粗体字写道："我赢得了这次选举，以很大的优势。"搞得推特不得不在其文字下方注明："当这条推文发出之时，官方来源还没有宣布这场竞选的结果。"后来推特干脆把他的账号封禁了，理由是"他在进一步煽动暴力的危险"。

面对这位拒绝承认失败的总统，各方人士纷纷向特朗普提出忠告：“勇敢点，长大吧，别耍小孩子脾气了，这无济于事！”

特朗普不认输，固然是因为他输不起：一旦离开白宫，他极有可能成为第一个被起诉的美国总统，也面临着十几亿的个人债务。还有一个重要的心理因素：他属于极度自恋的人格特质，不愿承认任何失败。正如他的侄女玛丽·特朗普（Mary L. Trump）写的那本书的书名：《过多和永远不够：我的家族如何造就这个世界上最危险的人》（*Too Much and Never Enough: How My Family Created the World's Most Dangerous Man*）。作为临床心理学家的她写道，她的家族不能容忍失败和软弱，用轻蔑和嘲讽对待家族成员的不幸。特朗普本人具有典型的反社会人格障碍，即表现出巨大的权力欲望，缺乏同情心，缺乏道德感，不择手段。“一切只有输赢，绝不认错或道歉，否则就是软弱。”于是特朗普本人也许都没有意识到的是，他所谓的强悍造就了他最大的懦弱——无法客观地评价自己，无力面对失败。这真是偌大的嘲讽。

到底什么是勇气呢？心理学概念中，它是个体意志过程中的果断性和具有积极主动性的心理特征相结合而产生的状态。勇气和胆量不是一个概念。胆量往往是天生就有或后天训练出来的，比较稳定，而勇气只是具有暂时的稳定性，可能出现起伏不定的现象。它能唤起人们潜在的能量。海明威说：“勇气就是优雅地面对压力。”换句话说，勇气不是毫无恐惧，而是能够控制恐惧，并且战胜恐惧去做正确的事。

　　一个不知恐惧的人，也无从谈什么勇气。实际上，有所畏惧是人类能够保持警觉，提升灵敏度，躲避危险的强大本能。大脑中的杏仁体能在几毫秒之内引发全身反应，加速心跳，释放大量肾上腺激素，让更多血液流入肌肉，并关闭免疫和消化等非紧要的人体功能。恐惧是一种冲动，而勇气是我们的理性思维，意志活动的结果。

　　面对未知，恐惧是我们自然的反应。

　　我的外婆吴厚云，1911 年出生在浙江绍兴一个家道中落的书香门第。幼年时，她的母亲按照当地习俗给她裹小脚。长长的裹脚布，一圈一圈地将脚包得如粽子般大小，还要从外面缝上密密的针线，以防孩子拆脱。好在她的父亲见过世面，知道已经是民国了，城里的女孩不需要再裹小脚了。听女儿夜夜啼哭，心一软，就拆了布条。可是伤害已经造成了，外婆的脚骨变形，落下残疾，后来一生穿的鞋码不到 35 码。她十几岁时父亲因病去世，母亲没有文化，又被人欺骗，将丈夫收藏的古籍贱价卖掉，依然无法维持生计，只得靠替别人浆洗衣服度日。她常常劳作到半夜，面对饥肠辘辘的女儿，只能从灶间吊着的竹篮里拿出一把炒蚕豆充饥。外婆年轻时长得清秀，不少家境殷实的大户前来提亲。她 17 岁时，母亲做主把她许配给当地一个有钱人家的儿子。可外婆听说此人好赌，决意不嫁。在一个深夜，她带上几件衣服，扎了个小包袱，藏在乌篷船里离家出走。听说上海是个大城市，有工厂招收女工，就沿途风餐露宿，执着前往。最终进了一个手帕厂，做工挣钱、养活自己。

我小的时候，听外婆讲这段往事，就当是冒险故事，不厌其烦地要求她一再讲述。长大后，每每想起来，越加感叹她一个不谙世事的少女，用一双"解放脚"，如何决绝地走进黑暗里，踏入一个充满未知的世界。她不害怕吗？不疲倦吗？不哭泣吗？是怎样的勇气，抑或是生命对自由的渴望，让她忘记了恐惧，去挣脱命运的捆绑？

面对已知的危险，面对未知的结果，向前一步需要勇气。

2020年的新冠肺炎疫情突如其来的时候，武汉封城，医疗系统面对数以万计的感染者，几乎崩溃。武汉红十字会医院急诊科护士长关秀丽所在的急诊科，主要收治重症患者。她带领的护理团队每天十几个小时的工作，病人的吃喝拉撒都要包下来。防护服里全身湿透，湿了又干，干了又湿。给病人上呼吸机，与病人近在咫尺，很容易被感染，也只有硬着头皮上。更让人崩溃的是走廊里拥挤得下不去脚，患者不断地哀求救命，而她们已经没有床位，无能为力，只能不停地说"等一下，等一下"。向领导求助，收到的是两个字"顶住"。氧气瓶不够，呼吸机不够，连被子都不够。遇到病人去世，她就尽量独自处理遗体，因为其他护士都太年轻，怕她们心里留下阴影……

直到 1 月底，全国各地的医疗队陆续赶到，方舱医院陆续开放，她们才从没日没夜的极限状态下解脱出来。一个月没回家，丈夫来看她，说很想给她一个拥抱，但必须保持一米以上的距离。目睹生命的脆弱与痛苦，她没有时间软弱，没有时间恐惧，只有顶住，只有救护。救一个，算一个，责任感与慈悲心，给了她们直面死亡的勇气，成为给予生的希望的人。

　　面对不公，挺身而出的勇气，不是每个人都有的。即使面对恐吓，羞辱，咒骂，也不再沉默，正是那些对性骚扰、性侵、家暴说"不"的女子的勇气。

　　2017 年 10 月，美国女演员艾莉莎·米兰诺等人针对好莱坞制作人哈维·韦恩斯坦多年性侵女演员的丑闻发起了"我也是"(Me Too) 运动，呼吁遭受性侵犯的女性说出自己的经历，唤起社会的关注。呼应这一倡议公开自己受性侵、性骚扰经历的女性多达近百名，包括人们熟悉的格温妮斯·帕特洛，安吉丽娜·朱莉，乌玛·瑟曼等人，踢爆韦恩斯坦在她们年轻初出茅庐时非礼她们，并威胁如果不从或说出去，就会失去工作机会。"他们说，没有物证和人证，你无法立案；他们说，周围的人会说你为了向上爬故意勾引了加害者；他们说，他权高势众，你根本不是对手；他们说，你假装什么都没发生过……"

　　然而，这些勇敢的女性和男性选择站出来揭露罪恶。最终韦恩斯坦被判有罪，入狱 23 年。《时代周刊》(Time) 把 2017

年的年度人物颁发给了"打破沉默的人",给维护最基本的权利和尊严的女性和男性。全球85个国家1700多万人参与了这一运动。

我见到马拉拉,是2016年在纽约亚洲协会(Asia Society)的午餐会上。这位史上最年轻的诺贝尔和平奖获得者,身材娇小,神情和善,甚至有点害羞。这位被她的妈妈称为"猫咪"的巴基斯坦少女,13岁起就写博客批评塔利班禁止女孩上学的政策。她说自己曾想象过如果有一天面对恐怖主义者,她不会哀求,而是要告诉他:"我跟你个人没有什么过节,我只是想让每个女孩可以上学。"

当2012年10月9日她像往常那样坐校车去上学的时候,几个塔利班青年拦住了汽车,气势汹汹地冲上来,直奔后座女生集中的地方,厉声问:"谁是马拉拉?"当几个女孩下意识地把眼光望向她时,那个塔利班青年举起了手枪,颤抖着向她头部射击,子弹从她左眼一侧射入,穿透颈部,嵌在肩膀上。马拉拉倒在血泊里。"我没有机会说出在梦里准备好的台词。"她自嘲说。

在提问环节,坐在我身边的一位美国女中学生站起来,问马拉拉:"你真的不害怕吗?"马拉拉平静地回答说:"我想过了,抗争要面对死亡的恐惧,不抗争要面对被剥夺教育的恐惧,反正都是恐惧,还不如努力抗争,起码心口一致。"她顿了一下又说："实际上，我认为塔利班是害怕女性的，害怕受过教育、有能力的女性。"

马拉拉儒雅的父亲在一旁陪着她。这位小学校长培养了一位勇敢聪慧的女儿。他不无心疼地加上一句："我跟女儿在一起的时候，觉得是她在保护我。"

勇气也体现在展示自己的脆弱和笨拙。

2021年我再次接受邀请主持《乘风破浪的姐姐》第二季的决赛，我对已经认识了30年的那英说："我从来没想到，你会有这样的勇气做回一名练习生，与比自己年轻十几岁、二十几岁的女生一起，挑战不熟悉、不擅长的唱跳表演。你早已经到了做导师的阶段了！"那英自豪地说："别说你想不到，我也没想到自己能坚持下来。那些舞蹈动作，真的学不会啊，居然还要挑战绸吊的杂技动作呢！关键是所有这一切都展现在观众面前！但我特别高兴能做到这一点，我还是有颗少年的心。"我后来在微博里写道："在这些姐姐身上，能看到展现真实自我的大方，走出舒适圈的大胆，面对输赢的大气，真是走四方的大女生！"

心理学大师阿德勒认为，能够接受被某些人讨厌，也需要勇气。他说："在人际关系中，别人如何评价你，那是别人的课题。你根本无法左右。太在意别人的视线和评价，才会不断寻求别人的认可。对认可的追求，才扼杀了自由。由于不想被任何人讨厌，才选择了不自由的生活方式，换言之，自由就是不再寻求认可。"

梅琳达·盖茨 (Melinda Gates) 在《女性的时刻》(*The Moment of Lift*) 一书中说，她对公益一直的想法是：默默做事，绝不张扬，也不想受人评判。直到一位非洲公益领袖对她说："梅琳达，我对你很不满！你完全可以借助自己的知名度为女性争取平等的权益，而你却选择像个乖乖女那样躲在角落里。"

梅琳达说，这对她无异当头棒喝。她不缺少观点，但缺少走到台前面对争议的勇气。比如，如果推广女性避孕节育措施，让发展中国家女性掌握自主生育权，避免过早、过于频繁的生育，就必须面对宗教和文化方面的批评。要鼓励女性出去工作，让男性分担部分家务，也会让一些男性的传统势力认为大逆不道。就连打疫苗、停止割礼这样一些基本的健康措施也会让她受到攻击。但是，每一个顽强生存，突破自我怀疑，努力突破性别偏见的女性都让她感受到上升的力量，让她更加勇敢。她说："我是一个注重隐私的人，但我认识到，我们只有放弃袖手旁观和高高在上，才能真正帮助别人，也才能真正改变文化。"她援引一位朋友的话说："被人了解却不被爱，是令人恐惧的。被爱却不被了解无法改变我们，只有被深深地了解并被深爱，才真正让我们脱胎换骨。"从比尔·盖茨的身后走出来，勇敢地为女性发声，无惧争议和批评，这是梅琳达的决定，

THE MOMENT OF LIFT

How Empowering Women Changes the World

MELINDA GATES

《女性的时刻》
The Moment of Lift

也是她找到的属于自己的"时刻"。2021 年 5 月 3 日，她与比尔·盖茨宣布离婚，结束了 27 年的婚姻。我注意到他们在声明中表示"我们……创立了致力于服务人类健康的基金会，将继续这一信念并在基金会共事。"无论这段婚姻以怎样的方式结束，梅琳达已经在公益事业中找到了自我。

改变自己和改变世界的努力是同时发生的，一个在内心，一个在身外。有一种勇气叫作让自己被看见。

竹的精神，水的智慧

如果有过所谓濒死体验，那就要算刚到拉萨的第一个夜晚了。

高原反应来得猝不及防。明明吃晚餐的时候还谈笑风生，刚睡下，剧烈的头痛就阵阵袭来，好像有人试图从里面敲破脑壳冲出来似的。我蜷缩在床上，每过 15 分钟就必须冲到洗手间去呕吐，一直吐到只有酸水，甚至连酸水也没有了。手忙脚乱地打开房间里的氧气瓶吸氧，但似乎也毫无缓解的迹象。渐渐地大概是脱水了，我从痛苦挣扎到无力睁开眼睛，连神志都开始模糊起来。折腾到清晨四五点，我觉得实在撑不住了，只有拼尽最后一点力气，给医生打电话求救了。

医生赶来给我插上营养液、打点滴、吸上氧，（之前那只氧气瓶居然氧气不足！）我心里安静下来，昏昏沉沉地睡去，一直到中午左右。

这一醒，感觉好多了。吃了一小碗粥后，好像体力也得以恢复，又过了一个小时左右，我按原计划来到布达拉宫，兴致勃勃地拾级而上，开始了我神往已久的探访！

这次经历让我对身体的自我恢复能力大感惊异，好像我拥有两个身体似的，一个脆弱，一个强韧。据德国健康期刊《生机》报道，人体自身有能力治愈60%—70%的不适和疾病，而且有很强的自我修复能力：伤口愈合、产生抗体免疫、适应环境等等。我的经历就是在良医的适当帮助下迅速恢复体能的过程。

我们把这种承受挫折、焕发活力的能力叫"抗挫力"(Resilience)。从字面上解释，就是一种弹性。一只皮球被砸到地上，受到的力量越大，反弹的力量也越大。在亿万年的进化中，人类的心理如同身体一样具有很强的抗挫力。

叶嘉莹，我必须要提她的名字。讲述她人生经历的文学纪录片《掬水月在手》获得第33届金鸡奖最佳纪录片奖。人们在评论时说："既见女人，又见君子。"这位1924年出生的女子，自幼深受中国古典文化熏陶，爱上了古诗词。她少年丧母，战乱中辗转台湾。丈夫被捕入狱，她一个人带着女儿寄人篱下，艰难求生。丈夫出狱后，性格大变，经常对她拳脚相加。到了晚年，丈夫去世，大女儿女婿车祸丧生，又让她备受打击。她先后在美国、加拿大教书，终回南开讲学、著书立说、传道授业。她说关键时刻，是中国诗词慰藉了她，那里有世间大美，人间大爱。她说："诗词无用，只是能在你最低谷的时候，把你拽离深渊，给予你向上的力量。诗中有生命。"这让她看轻了个人的荣辱沉浮，以柔弱之躯投入传承古典文化之事业。在命运的洪流中，她看上去是位柔弱的女子，但她的坚守，她对这世界的给予毫不柔弱。她向南开大学累计捐赠3568万元，鼓励青年人学习、研究中华古典文化。当被问到为何不多留些钱养老，是否觉得孤苦，她说："我有诗词为伴，并不需要人陪。"她说，"弱德不是弱者。弱者只趴在那里挨打。弱德就是你承受、你坚持，你有自己的操守，你要完成你自己，这种品格才是弱德。"她的老师顾随先生赠言："以悲观之心情过乐观之生活，以无生之觉悟过有生之事业。"叶嘉莹先生生命之坚韧，令人感佩。

贝弗利·朱波特与她的丈夫德瑞克·朱波特居住在非洲博茨瓦纳的自然保护区里。他们一同从事野生动物的拍摄已经超过20年，全球有超过10亿人看过他们拍摄的野生动物纪录片，其中不乏《最后的狮子》(*The Last Lions*) 等获得全球顶级奖项的作品。2015年我曾邀请他们来到北京，参加"天下女人国际论坛"，也曾在他们位于博茨瓦纳沼泽地区的营地，听他们在篝火边如数家珍地讲述他们拍摄过、相识过的狮子、花豹、大象……就像在讲述一位位老朋友的往事，它们的个性、情史和"奋斗"。无一例外地，它们每一个都有自己的名字。他们拍摄到无数珍贵的镜头，比如在电闪雷鸣的黑夜，一只大象受到十只狮子的围攻，狮子咬住大象的尾巴，蹿上它的后背，一齐撕咬它的皮肉，试图把它拽倒在地。"我趴在那里拍摄，眼睁睁看着大象挣扎，泪水夺眶而出。我才发现，它孤立无援。可就在这时，就在它几乎躺倒在地的时候，它不知从哪里来的力量，奋力起身，浑身流着血，用劲甩掉骑在身上的狮子，跌跌撞撞向前奔跑，突破重围！"贝弗利和德瑞克太爱这些野生动物了，它们也似乎接受了他俩。一个清晨，一头野象"散步"来到我们的营地，庞大的身躯直逼我隔壁的小木屋。只见德瑞克"悠闲"地走近大象，开始不紧不慢地吹口哨。神奇的事情发生了，那只大象居然驯服地向营地外退去。德瑞克示意我们不要跑出来，而他保持着与大象的安全距离，吹着口哨，仿佛在说："老朋友，今天有点不方便，改日再欢迎你来。"一路护送它出门。

几年前，传来坏消息，贝弗利和德瑞克在拍摄野牛时被野牛攻击。一只野牛用犄角刺穿了贝弗利的侧肋，挑开了她的脸颊，几乎置她于死地。德瑞克火速将她救下送往医院，保住了她的性命。在这之后的两年中，贝弗利经历了十几次手术，忍受了难以想象的痛苦。今天呢? 她又背上摄像机，与丈夫一起继续拍摄野生动物。带着她的伤疤，她轻松地谈论这次生死劫，仿佛是一段趣闻。"这是迟早会发生的事，这就是我选择的人生的一部分。但这不妨碍我热爱大自然，而且继续为保护这些珍贵的生物而起早贪黑。""相比野生动物，真正想要我命的是盗猎分子，人才是最可怕的动物。"她的不可救药的乐观和热爱让她重新上路。

我想到竹子，这种柔韧的植物。春天里它以极快的速度拔节生长，寂静的夜里，你能听见它生长的声音。冬天，大雪压弯它的身体，甚至把它压断，但它的根依然在泥土下匍匐，咬定青山。在竹鞭中长出结实的笋子，静静地等待初春的讯息，待到春雨落下，就争先恐后地破土而出，向上，向上。中国人一直高度赞美竹子的精神，把它誉为君子，自强不息、清雅脱俗、虚心劲节，从当代心理学出发，我们不妨用竹子来示范抗挫力：风狂雨骤时，大雪压顶时，山火来袭时，它坦然面对，拥有超强的自我修复和再生能力。

在另一种植物身上，我看到的是群体的韧性。

在美国加利福尼亚优胜美地国家公园，生长着地球上最高大的生物：巨型红杉。它们单株可以生长 3000 年，高 100 多米，相当于 20 层楼。树围长达 30 多米，十几个人才能将它合抱。有的树干有裂缝或空洞，居然可以有吉普车从中驶过。站在它们面前，仿佛就是与时间撞个照面，深感震撼。而更有趣的是，这些庞然大物植根的土壤异常浅薄，只有 3—5 米。它们怎么能"保持平衡"不会倾倒呢？答案在于它们发达的根系。这些发达的树根不仅牢牢地抓住泥土中的岩石，还横向延绵上百米，相互纠缠，在地下形成一张牢不可破的巨网，彼此支撑平衡。这就是联结的力量。

2020 年疫情最凶险的时候，阳光未来艺术教育基金会组织在家中的孩子们开展了"平凡的爱"的绘画征集活动。一百多位来自农村和打工子弟学校的学生发来了他们的作品。有的孩子画的是病毒向人类发起攻击，她的姐姐和姐夫作为医护工作者身披白色盔甲冲上第一线；有的孩子画的是愁眉不展的父亲，"爸爸的摩托车修理店已经没有生意了""我们家批发来的大闸蟹都卖不出去了"；有的孩子看见妈妈在爸爸每次出门前都会亲手给他戴上几层口罩，嘱咐他早点回来；有的孩子描绘的是邻居的大叔听说他们家没有口罩，就把自家的口罩拿来十几只送到门口；还有的孩子心疼地诉说自己的奶奶作为环卫工人，依然坚持每天清晨 4 点起床，因为"要把城市打扫干净"……

当我在全球 24 小时公益直播"为团结打 Call"（Call To Unite）上把中国孩子们的绘画介绍给全球数千万观众时，我说："孩子们在观察成年人如何应对危机，而他们也教会我们去发现生活中的平凡的爱和美好，给我们带来希望。"世界特殊奥林匹克运动会主席施莱佛博士感动地说："谢谢中国的孩子们，他们用最有力的方式告诉我们什么是生命的坚韧和抗挫力。"

身体的治愈要靠内心的力量，社会的治愈要靠群体的力量。那如果心生病了呢，如果孤立无援呢？

焦虑和抑郁已经成为现代社会的一种慢性疾病，无声息地侵入许多人的家庭和心灵。据不完全统计，全球抑郁症发病率约为11%，有记录的患者达到3.5亿，而且正在逐渐低龄化。而女性抑郁症发病率高于男性（5.1%：3.6%），中国女性抑郁患者占65%。深圳女作家李兰妮的长篇自传体散文《旷野无人：一个抑郁症患者的精神档案》是中国第一部由抑郁症病人写下的报告。2014年我把她请到"天下女人国际论坛"，她的演讲至今让我难以忘怀。"我常常感到身边空无一人，只有内心的痛苦充斥天地。即使身处闹市，但无人能与之倾诉……我怕听见声音，怕得没有办法，只好把自己关在书房里，蜷缩在一个角落。我不知道自己到底在怕什么……我发现抑郁症患者有一个特征是，他们都试图尽可能长地躲藏在'一切正常'的表象后面，他们巨大的自控能力和强大的意志，仍然使他们去履行每日的义务和要求，而把病痛留给自己，不让身边的人有所察觉。"

李兰妮发现，我们对压力和焦虑回避得越久，精神崩溃的可能性就会变得越大。其实，她说出了现代人的生存状态：与无处不在的压力相处。

2020年，曾获金马影后的演员马思纯正面回应抑郁症传闻。她说自己从小被教养成为懂事、忍让、不麻烦别人的人，甚至有讨好型人格的表现。就连在高速公路上想上洗手间，都会担心麻烦到司机，而宁愿自己憋着。十几年来，她几乎没有睡过一个好觉。我佩服她面对公众、面对自己的勇气，她的这份抗挫力会给更多的人带来治愈的力量。

或许，把 Resilience 翻译成"抗挫力"是不够好的。我们不是去抵抗、反抗挫折与困境，而是学会如何认知它、接纳它、与之相处，并且积攒起挣脱的力量。就像一只链球，在旋转中积蓄势能，然后远远地飞出去，进入另一个轨道，但这能量从哪里来呢？我们可以发声让人们不再对抑郁症患者有歧视，可以鼓励这样的朋友通过适当的药物让症状缓解，可以多陪陪他们，让他们在最痛苦和危险的时候能拨出一个电话……

逆境是人生的必修课。如何把磨难变成珍贵的人生馈赠并且用智慧和行动去摆脱并超越困境，值得每个人学习。如何提高逆商呢？专家认为可以分为四个关键因素，即控制、归属、延伸和忍耐。控制，是指认清自己具有改变局面的能力，事在人为。归属，指起因和责任归属。比如，这个困难是由于自己的疏忽、能力不足造成的？还是时机不成熟，合作伙伴不配合？延伸，是对问题的严重程度和对生活带来的影响的评估。比如，这件事是很糟糕，但不至于让我失业、破产或离婚，不必惊慌失措，自己吓唬自己。忍耐，是指评估逆境对你的影响会持续多长时间。

否极泰来，福祸相依，是中国古人的智慧。有时要看清命运的安排，还真需要时间。乔布斯就曾经不无自嘲地讲到自己被苹果公司排挤的经历："我居然被自己创建的公司炒了鱿鱼！在我三十岁的时候，在所有人的注视下，我被炒了。我生命的全部支柱轰然倒塌，这真是毁灭性的打击……但我渐渐发现了曙光，我仍然喜爱我从事的东西，我进入了生命中最有创造力的一个阶段。在接下来的五年中，我创立了 NeXT 公司和一个叫 Pixar 的公司（它成为最成功的电脑制作工作室），然后，和一个后来成为我妻子的女人相识……"结果，被炒鱿鱼，成为他这辈子发生的最棒的事情！苹果收购了 NeXT 公司，他因此回到苹果公司，而他也与劳伦斯组建了幸福的家庭。

生命中蕴藏着巨大的潜能，其中就包括在逆境中奋然而起的能力。面对升学的压力、就业的压力、婚姻的压力、育儿的压力、中年危机的压力、人际关系的压力、竞争的压力、疫情的压力……我们能在心理的准备上做些什么？近年来，不少心理学家把目光聚焦在心理势能方面，归纳起来，一切还是要从自我认知开始，同时辅之以一些方法论。自知和不自知的，我们每个人从童年，从原生家庭中带来许多悬而未决的问题：缺少爱、目睹父母失和、遭遇霸凌……成年人的许多问题都可以从中找到根源。认识自己的过往，接纳它，已经成为我们的必修课。心理学家们认为，这是我们产生内心力量的重要来源，即认识到自己的经历曾经影响了今天的自己，但我们既然选择了面对过去，就对这段历史有了某种掌控力，进而对自己的未来拥有某种主动权。

美国非洲裔女诗人、作家玛雅·安吉罗（Maya Angelou），从小生活在种族歧视最严重的南方。她来自单亲家庭，童年遭受性侵，在此后五年内没有说一句话。她生活在最贫困的社区，16 岁成为单亲母亲，靠做电车售票员养活自己。但她靠自学成才成为杰出的作家、编剧，被誉为 20 世纪美国文坛上"最耀眼的光芒之一"。她的自传，取名为《我知道笼中鸟为何歌唱》（*I Know Why the Caged Bird Sings*）。她说："如果说一个黑人女孩在南方的成长是一种痛苦，那么意识到这种地理上的错误，就像是在喉咙上架起一把利刃，时刻威胁着她的生命，她也因此产生反抗的力量。"她在伟大的文学作品中找到打开心灵的桎梏的钥匙，意识到，只有爱自己，善待他人，才能变得强壮，成就完整的自己。

> 小鸟在它狭窄的牢笼踱步，
>
> 愤怒的栅栏遮挡住它的目光。
>
> 它的翅膀被剪短，
>
> 双脚被束缚，
>
> 因此它敞开喉咙歌唱，
>
> 它的歌声传到远方的山顶……

牢笼可以限制小鸟的飞翔，但没有什么可以熄灭它渴望自由的希望。

请把"雄心勃勃"改作"理想远大"

法国哲学家米歇尔·福柯（Michel Foucault）在他的《规训与惩罚》（*Discipline and Punish*）一书中提出"惩戒凝视"（disciplinary gaze）的概念。他指出社会标准和自我规范的深化，会像无形的纪律约束着人的身体和行为，通过在语言上定义什么是"正常"或"反常"来迫使个人对规范遵从。

"野心"或"企图心"，对一个女人来说，就是这样一种凝视。

我曾经数次领教它的厉害。

一次是在中央电视台主持《正大综艺》时期。那时我不满足背诵别人写好的串词，在搭档姜昆老师、赵忠祥老师两位前辈的鼓励下，自己动手写作台本，大胆表达自己的观点，颇得观众和业界的好评。我意识到主持只是电视创作的一环，而要完整实现创意，就需要全面介入前后期的创作。如果说电影是导演的艺术，电视则更像是制作人的艺术，是对节目定位、价值观、模式、呈现方式、传播方式全流程的管理能力的综合体现。在主持之余，我学习电视编导，还因编导的一期外国文艺节目获当时全国评比二等奖，在入职第四年获得编导的中级职称。接着，我与一位同事共同提出了国际节目的改版计划，并且在策划方案上把自己的名字放在"联合制片人"一栏里。

就在我踌躇满志，期待在职业道路上更上一层楼时，我听说这个方案被搁置了。一位主管领导的评价是："创意还是不错的。但杨澜自己想做制片人？做主持人还嫌不够风光吗？有野心。"这一棍子，让我懵了好几天：不就是策划个节目吗？怎么就有"野心"了？

第二次听别人这么说我，是在2000年。我和吴征创立阳光卫视——亚洲第一个历史人文纪录片频道——的时候。香港的一位新闻评论员跟我的一位好朋友说："办电视台，对于一个女人来说，未免太有野心了！"

我纳闷了：野心，到底是什么意思啊？查了一下，是指"不可驯服或心怀叛离之心，不安本分，对权势、名利有过分的贪欲"。什么是"本分"呢？如果一个男人做了同样的事，人们会比给他一颗"心"——雄心！指"远大的理想和抱负"，还常常与"壮志"联合出现，从字面上就妥妥地给了雄性动物。哦，原来，漂漂亮亮地鹦鹉学舌是一位电视女主持人的"本分"，撸起袖子做制作人，或者下海创业，就是"心怀叛离之心"，而且一定是出于对名利的过分贪欲！不过，有一点他们说对了，我有"不可驯服"之心。我相信虽然我无法说出所有想说的话，但总可以不说自己不想说的话；我相信这世界上不仅有"为什么"，还有"为什么不"的自我设问；我相信即使如卢梭所言，"我们生而自由，却无往不在枷锁之中"，生命对自身的渴望还是让我们试图挣脱这些枷锁；我还相信，女性也应该被允许尝试自己没有做过的事情，被允许为梦想犯错，甚至一败涂地。

这怎么就是"野心"了？

2020 年 3 月，应原故宫博物院院长单霁翔先生的邀请，我担任飞行嘉宾，在安徽黄山的世界文化遗产宏村、西递拍摄《万里走单骑》节目。徽州在历史上是严格的宗法社会，女性的地位低下。她们裹足、早婚，因为男子大多出外经商，女性留守乡村，有"一世夫妻三年半，十年夫妻九年空"的无奈和悲苦。如果丈夫去世，为防家财损失，她们被要求成为节妇烈女，终身守寡。如有违背，轻则鞭挞，重则驱逐出族。明、清（截至咸丰）烈女仅歙县就有 8606 名，一排排的贞节牌坊记录的是她们的辛酸和痛苦。即使如此，她们一生也只有两次机会进入宗族祠堂：新婚和死亡。但是在宏村的汪氏宗祠里，我竟发现一位被供奉于祖先画像之列的女子：胡重。还有一块匾额，上写"巾帼丈夫"。原来，这位明代的女子，根据风水原理，对宏村的水利工程进行了系统的规划和设计，统筹完成了"牛形村落"南湖、月沼、水圳的修建，使得村庄免受旱涝的困扰，成就了活水绕屋的美丽风景，成为族人景仰的对象。当年，她应该算是"不安本分"的女人吧。

易卜生说："真正的个人主义在于把你自己这块材料铸造成个东西。"

读了一本书叫《我不要你死于一事无成：给女儿的 17 封告别信》(*Letters to My Daughters*)，是阿富汗第一位女议长法齐娅·库菲 (Fawzia Koofi) 写给女儿的信，讲述了在贫穷、战乱和性别歧视的多重大山下，一位女性图生存、求独立的九死一生的经历。在她所处的环境中，活下来都算是一种"野心"。她生下来时，父亲听说又是一个女儿，就甩门出去了，家族里的老人把女婴放在烈日下，一天一夜没有被晒死、冻死，才被抱回屋里。她的求学之路、行医之路上，都面临巨大的社会压力，甚至死亡威胁。作为女性独自在街头行走，也会被认为违反宗教戒律而被审判。塔利班不喜欢看到一名女性在国会中占据如此重要的位置，屡次对她进行谋杀，每一次走出家门，她都无法保证自己能平安回来。最严重的一次，她的车队遭遇伏击，枪战持续了 30 分钟，两名警卫牺牲。于是她给两个女儿写了 17 封告别信，告诉她们人总有一死，但不要死于一事无成。她说："把目标放高，你永远无法估计一个人的爆发力是多么惊人。如果一开始就自我设限，那么你这辈子就没有了爆发的欲望。把每一天都当作自己在世界上的最后一天，那么我们会竭尽全力地跳跃，不再恐惧！"

我们何其幸运，不必像法齐娅那样生活在战乱与危险中。有时我们需要做的，仅仅是释放一点想象力。2020 年 12 月，阳光未来艺术教育基金会与中国和意大利的公益合作伙伴一起，在青海省海东市乐都区瞿昙镇磨台中心学校举办艺术教育活动，其中一项是让每一个 10 岁左右的孩子走上讲台，用"谁说女生（男生）不可以……"造句，孩子们的句子五花八门："谁说女生不可以大笑？""谁说女生不可以做科学家？""谁说男生不可以哭？""谁说男生不可以跳舞？"我们发现，仅仅是有这样一个机会来表达自己，就足以让孩子们两眼放光。他们争先恐后地发言。我想，孩子们需要的绝不仅仅是物质上的保障，而是拥有想象的机会和展望未来的可能性！

无独有偶。英国有一个"未来菁媖计划"，对 6—8 岁的小学生进行性别平等的教育。其做法是让孩子们就不同的职业进行绘画创作，比如"消防员""外科医生""护士"等等。结果发现，孩子们笔下的消防员、外科医生几乎清一色的是男性的形象，而护士、教师几乎清一色是女性形象。这时大门打开，现实中的女消防员、女外科医生、男护士走进来自我介绍，让孩子们大吃一惊。研究发现，在 5—8 岁的年龄，我们就已经开始形成性别差异和职业选择的观念，并且影响一生。如果在这个年龄能对职业的性别选择有更开放的想法，将大大拓宽他们的人生选择。

当青海的孩子们再用"我既可以做……也可以做……"造句时，他们几乎都成了"斜杠"少年：探险家、植物学家、特种兵、舞蹈家、教师、司机……个个都那么神气，个个都那么自信。"我独一无二，我无所不能！"他们这样欢呼起来。

在职场上，性别偏见依然体现在招聘和晋升的各个环节。

2018 年，由 3 所欧洲商校联合主持的调查研究表明，"自信的女性如果要赢得影响力，只有当她们展现出利他的动机"。如果女性表现出自信，却没有同时展现同情或利他，就会被认为是有野心的，遭受周围人的攻击和批评；但如果男性这么做，就没有问题。同样，如果女性在求职中公开谈论自己对于高薪和职位的渴望，会给面试者（无论男女）留下负面的印象；如果男性提出这些需求，则被认为是有上进心、有责任感，产生正面的印象。男性利用职业机会拓展人脉、跳槽、创业被认为是可以接受的；女性这么做就被认为有心机。当男性主管不顾他人的反对，执意推行自己的主张，一旦成功，他就被认为是果断的、有领导力的；而如果一位女性主管这么做，她就会被认为是霸道不讲理的、没同情心的，甚至私下被称为"泼妇""母老虎"……

这种双标存在于人们的意识中，就如同惩罚凝视，潜移默化地约束着人们的言谈与行为，给有所作为的女性带来压力。同时，也解释了为什么在世界发达国家，同样职位的薪酬上，女性普遍比男性少 20%—30%。在《身为职场女性：女性事业进阶与领导力提升》(*How Women Rise: Break the 12 Habits Holding You Back from Your Next Raise, Promotion, or Job*) 一书中，萨莉·海格森 (Sally Helgesen) 和马歇尔·古德史密斯 (Marshall Goldsmith) 写出了职场女性的若干个坏习惯：不愿意提及自己的贡献，期待别人自然而然地注意到自己的贡献；过于追求专业的细节而不去建立自己的人脉关系；有求必应、取悦他人，不主动表达获得晋升的愿望……她们怕自己看上去"有野心"。

有的时候，"野心"仅仅是"不服输""不妥协"而已。格力集团的董事长董明珠出生于江苏南京一个普通人家，30 岁那年丈夫因病去世，儿子只有两岁。36 岁时她辞去工作南下广东打工，从基层业务员开始打拼，做到销售经理、副总经理、总裁，2012 年出任董事长。面对腐败、面对经销商的围剿、面对经济危机和产业变革，她以泼辣果断著称，行棋无悔，带领企业成为世界五百强，并在技术创新方面一路领跑。因为她是女性，就有人说："她走过的路，都不长草。""霸道女总裁，怪不得没人爱。"可是她却说："我做我认为对的事，别人觉得我可爱不可爱不重要。为什么不看我可以给予多少爱? 女人不仅可以有小爱，也可以有大爱。"

作家萧红曾经说："女性的天空是低的，羽翼是稀薄的，身边的累赘又是笨重的。"我们如何获得飞翔的力量？

2020年初，我在哥伦比亚大学巴纳德女子学院的女性电影节上见到了美国女作家格洛丽亚·斯坦奈姆。她曾于1969年在《纽约》(*New York*) 杂志旗下创立增刊《MS》，认为女性除了Miss.（小姐）和Mrs.（太太）之外，还可以拥有Ms.（女士）这样的不明确表明结婚与否的称谓，以凸显女性的独立身份。她写道："很多男性以及数量惊人的女性都认为女人对权力根本不感兴趣，她们的基因决定了她们更愿意听从指挥。"而她因为这些言论被称为"疯狂的女人"。不为这些污名化的行为所动，她与其他女权主义者大力推动《平等权利修正案》(*Equal Right Amendment*)，到1972年为止，全美已有23个州批准了这一法案。可就在这时候，以一位叫作菲利丝·施拉夫利的女性为首的传统势力出现在政治舞台上，她标榜自己是Mrs.的代表，整合各种保守势力，阻挠平权法案的通过。她以平权法案可能逼迫女性同比例的服兵役或从事重体力劳动，也有可能让一些离婚的男性不付赡养费为理由，声称"用不了多久，我们就会生活在女性极权的噩梦中"。她的政治造势活动获得了成功，平权法案被搁置。而正当她踌躇满志，想进军政坛之时，她的丈夫却将她的参政愿望视作玩笑。现实就

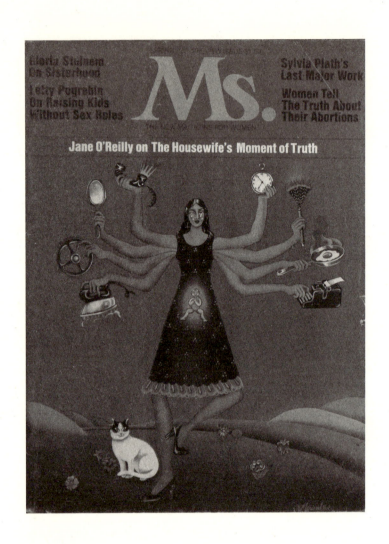

《纽约》（*New York*）杂志
旗下增刊《MS》

是这样的讽刺！这一段历史被拍摄成电影《美国夫人》(Mrs. America)，让我们看到那个风起云涌的时代女性对于"权力"的各种困境和反思，以及她们之间的观念冲突。法国哲学家萨特曾这样形容那些不愿改变现状，也不希望其他姐妹改变现状的女性："半是受害者，半是同谋。"

有一天，"雄心勃勃"这个词是不是可以改作"理想远大"？而如果一位女性立志成为 CEO、董事长、省长、部长乃至国家元首，不再会被周围的人视作"野心"，而是会受到肯定和鼓励？"为什么不行呢？"

2008 年乡村教师张桂梅为生活在贫困山区的女孩子开办了华坪女子高中，1800 多名学生从这所学校走出，进入大学，走向更开阔的人生。她为学校写下这样的校训："我生来就是高山而非溪流，我欲于群峰之巅俯视平庸的沟壑，我生来就是人杰而非草芥。"当这些遭受了贫穷和性别双重歧视的女孩子们大声朗读校训的时候，群山里回响着她们的远大志向。

想做但是做不到，怎么办？

手机屏幕上显示出一个圈，里面有一个数字：365。

这意味着我通过自学软件学习法语，已经 365 天没有中断了，我在这款 App 上设置的学习计划是每天 20 分钟。

这件事的缘起是 2015 年我担任北京申办冬奥会代表团的陈述人，负责介绍奥运会市场开发的情况。当时面对国际奥委会共有两次正式陈述，一次是 6 月 9 日在瑞士洛桑国际奥委会总部的技术性陈述，一次是 7 月 31 日在马来西亚吉隆坡的正式陈述。就在离第一次陈述不到 1 个月的时候，代表团的领导给我安排了一个新任务：陈述的第一段内容要用法语演讲。原因是法语和英语是国际奥委会的官方语言，为表达对国际奥委会及法语国家的尊重，一般在陈述中都会使用法语。2001 年北京申办 2008 年夏季奥运会时，作为主持人的何振梁先生就是用英语和法语交替发言的。而这次，代表团陈述人中没有人会讲法语，而大家一致认为，如果要在这一个月里突击学习法语，我成功的可能性最大。可是我在大学里学的是英语，法语是零基础啊！"那没办法，现在只能让你上了！"

我鼓足勇气，应承下来，一刻不敢耽误地投入到法语的世界里。语法、单词、发音、语调，睁开眼睛就学，睡觉前还练，几乎着魔了。就这么努力，收效也不如人意。第一次内部排练时，精通法语的魏纪中先生沉默了一会儿，抬眼说："这个……咱们陈述中说法语当然好，不过首先要听得懂才行！"大家的眼光都刷的一下集中到我身上。我的脸腾的一下就红了，心中暗暗叫苦！那也没有退路啊！我请北大法语系的董强教授用快、慢两种语速录音，反反复复地听，跟着念，再录下自己的语音发送给他，请他指出问题，再练。一个月后，当我在洛桑奥运博物馆的一层大厅里，熟练并且自信地用法语开启演讲，我可以从观众的眼神和表情里看出他们听懂了！甚至，在陈述和问答结束后，法国奥委会委员还主动走过来打招呼，一开口就是一大串法语，大致是说我讲得不错吧，可我真的听不懂。好窘！只好用英语解释说："先生，我是一位法语的初学者，感谢您的认可。法语是一门优美的语言，我会继续学习。如果北京能幸运地获得冬奥承办权的话，我就更有动力啦！争取在北京冬奥会上可以与您用法语对话。""我们一言为定。"他说。

这就是我自学法语的由来。借助手机软件，我利用每天上下班的路程或等候飞机、高铁的时间学习，嘴里念念有词，也练习拼写，逐渐培养起语感，时不时还能用法语发表一下获奖感言什么的。遇到国际差旅有时差，有时会误掉一两天。而2020年由于疫情没有出国，反而可以保证每天的练习，所以就有了365天无间断的记录。不积跬步，无以至千里，学语言就要下硬功夫，当然，功夫也不负有心人。

过去，说到立flag，制订新年计划或目标，我们总是强调意志力、毅力，什么"立常志，而不是常立志"啊，不能半途而废，等等，流于说教。其实这背后还是有方法的。我在接近50岁时，还可以开始学习一门新的语言而且坚持下来呢！我感觉有几点可以分享。

一是目标与积极的情绪相连。学习法语的时候，我会想起申奥成功的激动人心，想起团队中每一位成员的相互鼓励和友情，想起演讲时hold住全场的自信与从容……这种价值感和满足感，让学习这件事有了带有场景的联想，带来了美好的回忆和对自我的肯定。研究者们发现，一个目标或计划是否能够实现，与愿望的表达方式很有关系：如果有积极的表达方式，比如"运动让精力更充沛，身材更挺拔"，那么成功的概率就更高；反之，如果愿望的表达方式中隐含着对自己的否定，比如"我胖死了，男朋友都嫌弃我，一定要减肥"，那么实施计划时总会联想起令人沮丧的情绪，成功的概率就会降低。

二是把大目标化解成可执行可衡量的小目标，比如每天学习 20 分钟，是可以利用碎片时间做到的事。把一大步变成几个小步，每次实现起来不太费力，就容易有成就感，把远大梦想激发的热情变成一次又一次小的惊喜和奖励。

三是运用周围人的力量。当我把自己学法语的计划告诉了老公、父母、孩子、同事，他们的期待和鼓励也成为我不断练习的动力和督促。

四是行为习惯。心理学中有一些著名的实验，证明我们的行为对意识的影响。比如，研究者让实验者在阅读一段话时左右摇头或者上下点头。这个动作本来没有特定的含义，但结果发现，后者更容易让人认同他正在阅读的文字，就像他在过程中不断点头认可一样。这被称为"具身效应"（Embodied effect），说明我们的行为对意识是有影响的。不仅如此，重复某一种动作还会给我们的心理带来一种暗示或引导，似乎在对自己说："你已经准备好了。"比如，我在上班的车程中，会不自觉地掏出手机，戴上耳机，打开软件，这慢慢地成为一种行为定式，帮助我从身心各方面做好开始学习的准备。

知易行难，已是老生常谈。其实有时之所以行难，问题还出在"知"上，也可以说"知难行易"了。所以再读王阳明的《传习录》就有豁然开朗的感觉。他的学生徐爱说："古人说知行做两个，亦是要人见个分晓，一行做知的功夫，一行做行的功夫，即功夫始有下落。"王阳明回答说："知是行的宗旨，行是知的落实；知是行的开端，行是知的结果。说到知，行就已经包含在其中；说到行，知也包在里面。"他进而说，做不到，就不是真的知道，真正的知道就是能做到。在等到知道了一切才去行动，必然一事无成，也终身无知。所以他提倡"事上练"，不是坐而论道，而是在做事的过程中不断磨炼、修正。现代著名教育家陶文濬因为折服于王阳明而改名为"陶行知"。他曾形象地说"行动是老子，知识是儿子，创新是孙子"，把行动放在知识之前。读郦波教授的《五百年来王阳明》，他对"知行合一"的理解就是"解决人的习性问题"，能够帮助人塑造自己，改变自己。

这让我想到爱尔兰戏剧家、文学家奥斯卡·王尔德的一句话："起先是我们造成了习惯，后来是习惯造成了我们。"当代脑科学的研究发现，我们的大脑中神经元之间存在着各种联结和回路，形成一定的反应模式，而通过刻意练习，大脑就像肌肉一样是可以被塑造的。神经网络之父唐纳德·赫布提出过一个法则："两个神经细胞之间的交流越多，它们的连接就越高效。"而这个过程有赖于体验。在不断重复的体验中，相关的神经元经常被激活，就会慢慢稳定下来，成为一种直觉反应，不用刻意想起也能完成，甚至产生生理上的实质变化。比如在没有 GPS 的时代，针对伦敦这座城市的出租司机的研究发现，他们普遍有着较大的海马体，这正是大脑中关于空间记忆的主要区域。因为伦敦的道路实在太过庞杂，也不规则，每个司机必须要在头脑中记住不下 2.5 万条街道的名称与方位，才能快速决定更好的行车路线。相比之下，公交车司机所面对的道路要简单一些，所需记忆的信息也较少，所以他们大脑中的海马体就相对小一些。

根据大脑的工作原理，我们就可以通过有意的练习，改变大脑的神经反应模式，内化积极体验，从而实现习性的改变。在某种程度上，也就是更好地掌控自己的生活。人生往往不是由某一个决定性的时刻改变的，而是来自那些看起来微不足道的一点一滴的积累，和一个接一个的微小的选择的叠加。这就像是在银行存款，利息虽然不高，但利滚利，假以时日，就有可观的"复利效应"。每天进步 1%，一年之后就有可能进步 37 倍。（每天改进 1%，365 天，就是 1.01 的 365 次方，答案是 37.78。）心理学家詹姆斯·克利尔（James Clear）在《掌控习惯》（*Atomic Habits*）这本书中提出，要想实现习惯的复利效应，就要顺应习惯的形成机制，即提示、渴求、反应和奖励四个阶段，尽可能地让提示更显眼，让渴求更有吸引力，强化动机和欲望，让行动简单易操作，让回报和奖励更令人愉悦。举例来说，你希望养成每天吃一个苹果的习惯，那就最好把苹果放在屋子里显眼的地方，或是你每天出门的必经之地，而不是把它藏在冰箱里。再比如，某张椅子就是用来阅读的，所以把它放在一个显眼的角落，让你一看见就想坐上去，而旁边就是书架，就会很好地触发阅读习惯的养成。再比如，你想提升睡眠品质，那就最好把手机充电的地方移出卧室，起码不放在枕头边上。这样，就创造出一个有利于习惯养成的环境。

我们的渴望是由多巴胺驱动的，所以你对奖励的期待越高，多巴胺的峰值就越高。比如你把健身30分钟与自己买的一条漂亮的裙子联系到一起，每次跑步的时候都想象着自己穿上这条裙子，成为众人注目焦点的愉悦感，就会让自己的动机更强烈一些。让行动更简便易行，就是分解自己的大目标为小目标，甚至可以给自己一个"五分钟规则"，也就是在养成一个新习惯的开始期，每次用时最好不超过五分钟。比如：每天读书，可以从五分钟开始；做瑜伽，可以从"拿出瑜伽垫并把它铺开"开始。这种仪式感可以帮助你进入持续的专注状态。说到奖励，不能只有长远的奖励，还要有即时的满足。比如，你想养成尽量在家吃饭，减少外出就餐的习惯，那么你完全可以设立一个专门的账户，取名叫"一次梦寐以求的旅行"，每放弃一次外出就餐，就在这个账号里存100元钱，让自己看到这笔钱的增长，到了休年假时就可以实现"诗与远方"的计划了！

所以，掌握自身认知与行为养成的规律，我们不必在"立常志"和"常立志"之间不断拷问自己的意志力，经受挫败感和打击，反而可以化"大志"为"小志"，一步步掌控自己的时间，"诱导"自己的大脑和行为进入一种积极运行的模式，收获更多的自信和快乐。

今天，我们探讨女性领导力，其内核是自我决策、自我管理的能力，并通过学习和练习成就更多的可能性。麦肯锡全球研究院在2021年春天发布的研究报告《后疫情时代经济之未来的工作》中，基于对8个国家（中国、美国、法国、德国、英国、日本、西班牙、印度）劳动力市场发展的分析，总结了个人在未来工作场景中面临的升级和转型，包括混合工作模式（远程办公加传统办公）、自雇模式、人机协同模式等。这份报告预测，到2030年，这8个国家的1亿人会因为数字化和人工智能进程而改变自己的职业，对体力和人工操作技能的要求会下降18%，而对社交智慧和情感沟通技能的需求将增加18%，对专业技术和能力的需求增加至51%。不管我们是否愿意，我们都要完成"能力迁移"。我们的未来工作更倾向于技能组合，而非单一技能，即某个专业的硬技能加综合素质的软技能，这决定了我们职业发展的上限。

所谓的软技能包括哪些呢？最重要的是认知能力（如发现问题和解决复杂问题的能力、逻辑思维和人机协同能力）和社交智慧（如人际沟通与协调能力、抗压能力、舒缓情绪和共情能力等）。这些倾向于女性的优势特质在未来职场竞争中越发凸显出来。管理学大师彼得·德鲁克曾经说过："时代的转变，正如符合女性的特质。"但这并不是自发产生的，而需要我们感知变化，通过自觉的职业转型和迭代，回应时代的改变。

一切的管理，归根结底是自我管理。

管理时间、管理健康、管理财务、管理学习、管理情绪、管理人际关系、管理职业发展……

所谓的刻意练习，就是给自我管理铺就道路，给自我超越插上翅膀。从"被人催"的任务驱动到"我想要"的自我驱动。学习与成长，已经成为我们这个时代的生活方式。

相信什么，人生就会靠近什么

苏东坡的两首《定风波》，都是我的最爱。

第一首，是写他自己的遭遇与心境："莫听穿林打叶声，何妨吟啸且徐行。竹杖芒鞋轻胜马，谁怕？一蓑烟雨任平生。料峭春风吹酒醒，微冷，山头斜照却相迎。回首向来萧瑟处，归去，也无风雨也无晴。"潇洒旷达之情，令人豁然开朗。

第二首，是写他的朋友王巩的歌妓玉娘的。"常羡人间琢玉郎，天应乞与点酥娘。自作清歌传皓齿，风起，雪飞炎海变清凉。万里归来年愈少，微笑，笑时犹带岭梅香。试问岭南应不好，却道，此心安处是吾乡。"

苏轼的好朋友王巩因为受到苏轼"乌台诗案"的牵连，被贬谪到岭南荒僻之地，其歌妓玉娘毅然随行。几年后王巩北归，与苏轼相聚饮酒。苏轼问及岭南的环境应该相当艰苦吧，玉娘答道："此心安处，便是吾乡。"苏轼大为感动，写下这首词。而且从词中看，几年的坎坷辛苦非但没有让玉娘苍老，反而比过去更显年轻了！

可见心安，乃美颜第一要术！

在混沌中找寻秩序，在未知中找寻掌控。这可以算人类的本能。无论在什么年代，一颗飘忽不定的心都是不快乐的源头。问题是，在这个怀疑一切的时代，你还相信什么？上大学被人顶替，于是不再相信教育的公平性；天造地设的一对，分道扬镳，于是不再相信爱情；网购遇到了假货，于是不再相信商家；创业失败，职场受挫，于是不再相信自己的能力……

我曾经在国际艾美奖的颁奖典礼上遇到美国脱口秀女王奥普拉•温弗瑞。她是我欣赏的同行，读研究生时我的新闻课的论文就是关于奥普拉秀的分析。她创办的节目从1986年开播到2011年，持续25年，16年稳坐美国日间节目收视冠军。她的人生比她的职业生涯更具传奇色彩。她出生在贫穷的黑人家庭，童年被亲戚性侵，14岁怀孕，还曾经吸过毒，可以说拿到的是人生的一手烂牌。在经历了种种磨难和不公后，出于本能的自我保护，她多少次告诉自己"不再相信"。有一次她出席一个论坛，主持人突然问她："你相信什么？"口若悬河的她竟然失语了。"是啊，我到底相信什么呢？"她问自己。这之后她开始写作专栏，题目就叫"我相信"。她从细小处入手，写下自己生活中的小确幸："相信欢愉"，带着狗狗去林间散步，然后把狗绳松了；"相信可能"，即使在人生的至暗时刻也要绝地反击；"相信自己"，不要活在别人的评判中，更不要去讨好所有的人；"相信爱"，即使受过伤，也仍然渴望爱的联结；"相信友谊"，总有那么一两个朋友，是你可以在半夜辗转反侧时打电话叫醒的……

20岁之前，我们相信的东西往往是父母、老师灌输给我们的，后来一件件相信的事变成了不相信，这是我们独立面对世界，探索发现的自然过程。再后来，时间又告诉我们那些被忽视的东西，它们原来一直不离不弃，给我们指出生路。"不再相信"并不意味着你完全长大了，就像"我相信"也不意味着幼稚可欺。我们的自我认知中很重要的一部分来自"我相信"什么。

同行兼好友的陈鲁豫出了一本书，叫《还是要相信》，她写道："我坚持相信，坚持爱，坚持相信爱，这是我生活的勇气和支点。""我相信天道酬勤和自律，你努力地做一件事情，有一天可能就会获得某种回响甚至回报。"她引用英国年逾八旬的国宝级女演员玛吉·史密斯的话："当你有怀疑，不要去怀疑。(When in doubt, don't.)"

你如果问我相信什么，那回答的名单可能有点长哦。我相信，天生我材必有用。我不是天才，但我可以发挥自己的优势，去做那些让自己生机勃勃的事。比如，语言是我的优势，学习能力强是我的优势，待人真诚是我的优势，所以各类电视节目中，我选择了人物访谈作为主攻方向，创立了中国电视史上第一个高端访谈节目《杨澜访谈录》。

我相信，练习可以让我变得更好。20 年中我专访了全球上千位人物，每个采访都会事先做好功课，阅读 10 万至 20 万字的资料，撰写或修改采访提纲，形成了自己的采访风格。上万个小时的不断练习，让我在"提问"方面越来越得心应手。

我相信，善是善的回报。在我的人生里，因为不经意间给他人的一点善意，而收获真诚的情感，美好的回忆，这就已经足够了。我常常听到这样的话："杨澜，你是我进入传媒的原因"，或"我受到你的影响开始创业"，再或"我曾经参加过你组织的公益活动，而我现在带着自己的孩子做志愿者"。2013 年我的公司承接江西鹰潭龙虎山景区大型驻场演出的策划制作，当地的政府和老百姓说："我们希望把这个项目给你的公司，因为 90 年代初你来我们这里制作《正大综艺》时，就在节目里提出保护泸溪河免受污染，为此我们还关闭了河上游的一家造纸厂。这件事你可能已经忘了，我们却一直感谢你。"他们不说，我早就忘了这件事！

我相信，共情比同情更有力量。一位盲人在巴黎街头行乞，人来人往，很少有人注意他。一位诗人经过，写了一个牌子放在乞丐身边，不一会儿，人们纷纷把零钱投入到他的盒子里。

乞丐好奇牌子上究竟写了什么。诗人告诉他："春天来了，而我却看不见。"我在"天下女人研习社"开讲"沟通训练营"，就是想告诉更多的姐妹，沟通是底层能力，它的核心是换位思考、设身处地。

我相信，一个人相信什么，他的人生就会靠近什么。澳大利亚作家朗达•拜恩（Rhonda Byrne）写过一本畅销书《秘密》（*The Secret*），揭示了意志的力量。当目标单纯而明确，并且足够强烈的时候，它会吸引更多的人和资源，实现的可能性大大增加。这体现了"吸引力法则"，物以类聚，人以群分，你就是你所想！

大多数情况下，我们因为看见而相信，但是你可以因为相信而看见！

相信，就像大地，让你有立足之地；相信，就像清泉，让生命得以滋润；相信，就像一片屋顶，让心灵得以安顿；相信，就像望远镜，让你看到未来的可能性。

王阳明说："吾性自足，不假外求。"外在的事物其实是我们内在投射出来的结果，你看到的只是你想看到的。所以他又说："心外无物。"这并不是说外部世界不是客观存在的，而是一种价值判断：人生的诸多颠倒、妄想和纷扰都是因为我们本来应该求之于内心的，却去求之于外在的东西了，还以为获得了那些东西才能得到幸福，而其实幸福的答案只能，也一直在你自己的心里。王阳明临终前说"此心光明，亦复何言"，真是达到了澄明的境界啊。

当代心理学也验证了意义或价值观对幸福感的支柱作用。积极心理学之父马丁·塞利格曼（Martin E.P.Seligman）就在《真实的幸福》（*Authentic Happiness*）中指出，幸福有五个要素，分别是积极的情绪（Positive Emotions），投入参与（Engagement），意义（Meaning），成就（Achievement）和人际关系（Relationship）。他对幸福的定义是："有意义的快乐。"他所说的意义，不一定是宗教信仰，而是信念与价值，一种把小我与更大的世界联结的能力。我在2014年采访了他，并且受他邀请，去英国考察了积极心理学在学生中推广而对年轻人的成长与社交产生的影响。他对我说："每个人内心都希望得到一种价值感，感到自己所付出的一切是有意义的，并产生与这个世界的一些永恒的东西融合，这让我们可以面对孤独、面对死亡，从而产生一种归属感和目标。这样的快乐是深刻的、持久的快乐。"

2012年媒体人卢新宁在母校北大中文系的毕业典礼上致辞，她说了一段发自肺腑的话："我唯一的害怕，是你们已经不再相信。不相信规则能战胜潜规则，不相信学场有别于官场，不相信风骨远胜于媚骨……怀疑一切往往就会失去一切。"

相对于"吸引力法则"，卢新宁的话更像是"墨菲定律"：会出错的总会出错，你越是担心某种情况发生，它就越有可能发生。当我们带着偏见，并且在现实中寻找一些迹象来佐证自己的偏见，偏见就会一而再、再而三地得到强化，让你对世界失去信心。

我高中的时候迷上了罗曼•罗兰 (Romain Rolland) 的小说《约翰•克利斯朵夫》(*Jean-Christophe*)，这部小说描述了一位音乐家跌宕起伏的一生，他渴望爱，热爱创作，虽然鲁莽任性，犯了不少错误，吃了不少苦头，但终于在艺术和爱情中找到心灵的归宿。罗曼•罗兰在序言中写道："什么是真正的快乐? 唯有创造是真正的快乐，其他的都是无关紧要的，漂浮在地上的影子。创造是消灭死。"我把这句话抄写在日记本的扉页上。回顾这过去的 30 多年，也可以预计在未来的日子里，我都会把它当作自己的座右铭。

是的，面对未知，我相信创造的力量。30 年前我刚刚踏入职场，我对自己的期许是勇敢尝试，不断创新。回头一看，恍惚中似乎有种求仁得仁，求义得义的命运感：我成为中央电视台第一位非播音主持专业并经过公开竞争上岗的女主持人；制作了中国电视史上第一个高端访谈栏目《杨澜访谈录》；创办了大中华区第一个人文历史纪录片频道阳光卫视；成为第一个两次代表北京申奥的陈述人；带领团队制作了国内第一部反映人工智能发展历程的纪录片；率先在媒体上推出"幸福力"的理念并打造女性成长智库"天下女人研习社"……今天的我，每天的我，都试图再往前走一步，尝试一点没有做过的事情。这让我恐惧、兴奋、生机勃勃。

"天下女人国际论坛"每年颁发"女性创造力奖"，傅莹、严歌苓、巩俐、董明珠、李少红、于丹、惠若琪等数十位优秀女性曾经获此荣誉。在我看来，创造力是个体自我觉醒的外化。创造可以在艺术、科技领域，也可以在政治、商业、法律、媒体、教育等各个领域。尊重个体的存在，鼓励向美、向善的创新，更为其他人，特别是弱势群体开辟一条新路。这就是女性的创造力。

2020年一位乡村女教师张桂梅引起媒体的高度关注。这位云南大山里的女教师同时还是一家福利院的院长。这里有36个孩子，大多是被遗弃的女婴。她发现当地很多女生读着书就被叫回去打工挣钱或是被收了彩礼的父母嫁掉，以换取家中男孩继续读书的机会。愤懑之下的张桂梅办了一所免费的女子高中，让山里的女孩子通过教育拥有改变命运的机会，阻断贫困的代际传递。在她呕心沥血的经营下，华坪县女子高中建校12年来高考上线率和升学率都是百分之百，1800多名贫困女孩从大山里走出去接受高等教育，被传为美谈。

有一天，一位曾在张桂梅这里学习，得以走出大山，大学毕业的女生回到母校，要为母校捐款。不料当张桂梅得知她嫁了有钱人做起了全职太太后，非常生气，甚至把这位学生赶出了自己的办公室。张桂梅的举动被一些人认为不近人情。其实她并不是无差别地反对女生成为全职太太，她只是不能接受这些吃了这么多苦，好不容易把命运掌握在自己手中的女生，又成为别人的依附者。她的担心不是没有道理的，经济上的依附很容易带来关系中的不平等。张桂梅对女孩子们的爱太深切了，她不愿看到这样的结局，不愿意接受这样的捐款。

张桂梅有她的信念，她希望帮助每个乡村女孩创造自己能掌控的人生，不因出身和性别而被命运捆绑。我能感受到这份信念的灼热，那是她燃烧的热度。

我们每个人，当为自己所相信的而去努力的时候，都是了不起的。那些汗水和泪水，那些忐忑和煎熬，都是值得的。

乔布斯在斯坦福大学毕业典礼上的演讲，除了"求知若渴，虚怀若谷"（Stay hungry; Stay foolish）之外，还有一句也很经典："你不可能把未来的点串联起来，你只能把过去的点串联起来，以期它们的轨迹指向未来。你必须相信点什么，无论是你的直觉、使命、生活、因果……"

诗人罗伯特·弗罗斯特（Robert Frost）创作过一首诗，叫《未选择的路》（*The Road Not Taken*）：

> 黄色的树林里分出两条路，
>
> 可惜我不能同时去涉足，

......

但我选择了另外一条路，
它荒草萋萋，十分幽寂。
......

虽然在这条小路上，
很少留下旅人的足迹。
......

我选择了人迹更少的一条，
从此决定了我一生的道路。

　　让我们做出选择的依据，往往不是成功的允诺，而是内心的相信。一条岔路连接着另一条岔路，而且往往没有回头重新来过的可能。如果你选择的依据没有改变，那么哪怕你走过弯路，大方向还是不会错的。

　　我的经验、知识、情感、精神，在这场旅行中变得越来越丰满。是我有多聪明吗？肯定不是，我的才智普普通通。是我的运气格外好？也不是，我有过无数失魂落魄的日子。我相信：在跌倒之后爬起来，在受伤之后咬紧牙关，不在于你有多少能力，而在于你选择相信。

　　相信，让我们找到心之故乡；相信，让我们有了同行的伴侣；相信，让我们有机会拥有丰盈的人生！

跨出舒适圈，遇见可能性

走出舒适圈，那是一种什么感受？显而易见，不舒服呗！

那是一种寝食不安的感觉，却又欲罢不能。好像有一万只小虫子在咬噬你的灵魂，挥之不去。你开始患得患失，既兴奋又恐惧，追问自己：还有没有其他的选择？可不可能回头？万一失败怎么办？你甚至希望，借助命运的力量或他人之手帮你下决心——这样你就可以把责任推给他们，然后一摊手，说："你看，我没选择！"

但你分明有！这就是最让人躁动不安的地方。你需要为自己的选择埋单，责任无可推卸，也没有人可以向你保证什么。看过《魔戒》(*The Lord of the Rings*) 的人都记得，霍比特人比尔博本来有着田园般的宁静生活，他个性温和、与世无争，不喜欢复杂事务，日子过得井井有条。他细心地守护着家，还特别珍惜祖母传下来的各种盘子和蕾丝餐巾。没想到，巫师甘道夫和矮人们不请自来，把他的家弄得乱七八糟。竟然还厚着脸皮邀请他一起上路，去远方冒险！他已经坚决地拒绝了邀请，但一觉起来，发现矮人们已经离他而去。他看了一眼他们留给他的"合同"，就飞奔出去追赶。为什么呢？因为他内心还是渴望冒险的。他放弃了舒适的家，选择踏进吉凶未卜的世界，卷入一场本来与自己无关的恩怨，还要一路被误解、被戏弄、被追杀、被出卖……冲动害人啊！

但比尔博应该并不后悔，他帮助矮人们复国，抵御了魔戒的诱惑，战胜了不可想象的强敌，从恶龙到恶巫，拯救了世界，最后又回到了家园，把自己的传奇故事作为留给子孙的最好遗产。

这就是一个平凡人不甘平庸的心。我们每个人一生中总会有这样的冲动吧。当我在中央电视台主持《正大综艺》四年之后决定辞职，出国留学的时候，我体验过这种躁动不安的心情。那时周围的人几乎都劝我放弃这个想法："多少人挤破头梦想有你的机会，现在放弃了这一切去重新做学生？疯了吗？""学完了又能怎么样？再想回来可就没有你的位置了！三思啊！"现实的问题是，如果要留学，就要先辞职，才能申请私人护照，把"档案"放到人才交流中心，而且还有可能被拒绝签证。如果连根拔起，又没了退路，那可如何是好？多少个辗转反侧的夜晚之后，我看着镜子里的黑眼圈，狠心做出了决定。多年后我才知道这叫"听从内心的声音"。当时的想法就是："如果年轻时都不敢去外面闯一闯，更待何时呢？"不管我当时多么深思熟虑，也无法想象日后的种种不舒适：不会用电脑，阅读量超大，书永远读不完，学习方式、思维方式都要打破重塑，举目无亲，打不起国际电话，连写信也要写满信纸的两面，以免超重……

再一次跨出舒适圈是 1999 年年底从凤凰卫视辞职创业。在那之前，我没有经商背景，甚至看不懂财务报表。当时的民营媒体机构凤毛麟角，市场非常不成熟。那可真像闭着眼睛跳进了大海，临时学习游泳。不懂融资、不懂战略、不懂管理、不懂营销，有的是一腔热情，发愿做人文纪录片，记录时代的精神轨迹。"这是官媒应该干的事，你就应该做娱乐，不然怎么挣钱？""你负责光鲜靓丽地出镜就好了，何苦去操心费神地学习经营和算账？"身边这些声音几乎将我淹没。而那时更让我感觉不舒适的是，在筹备阳光卫视的过程中，我怀孕了。许多年之后，医生给我的丈夫吴征开了一种调节新陈代谢的药，并提示他说会感觉恶心、没有胃口，"就像怀孕了一样"。一天，他深有体会地对我说："老婆，我现在才知道你当年怀孕的时候有多难受。"哈哈，"你只不过体会了一两天而已！"我建议以后可以让男人们都体会一下怀孕的不适感（那种在男人的衣服里面揣个枕头体验女人怀孕的社会实验太小儿科了），一定会产生更多宠妻狂魔的……想当年，我从早到晚开会，有时看着一桌菜肴，任何一种气味都有可能让我离席。到洗手间呕吐干净后，嚼一颗口香糖，继续回来谈判。然后绞尽脑汁地学习那些技术名词，琢磨怎么把节目送上卫星，又怎么落地发行……三年之后，由于经营模式问题，我的第一次创业宣告失败。屋漏偏逢连夜雨，船迟又遇打头风，公司内部出现矛盾，外部有大量应付款，真是焦头烂额。什么叫不舒适？我可体会深刻了。

但是，没有这些极度的不舒适，就没有今天的我。承受失败需要勇气、需要自省、需要亲人和朋友的支持、需要忍耐、需要时间……这是人生难得的磨炼。2020 年，面对新冠肺炎疫情的冲击，第七届"天下女人国际论坛"致敬的女性有执甲逆行的白衣天使，有乘风破浪的姐姐们，有破圈创新的商界女性。其实，即使没有疫情，也有经济的潮起潮落，科技的颠覆革命，竞争的白热胶着。挑战无处不在、无时不在，不管你是否愿意，你总会被拉出舒适圈，在挣扎中学会新的本领。

在洪都拉斯南部的乔卢特卡省，有一条乔卢特卡河，河上有两座大桥，一座叫乔卢特卡桥，另一座也叫乔卢特卡桥。老桥是 20 世纪 30 年代中期修建的，非常坚固，抵御了数不清的飓风暴雨。1998 年加勒比海形成了一场毁灭性的飓风，横扫洪都拉斯，上万人死亡，270 万人无家可归。令人惊讶的是，乔卢特卡桥经受了考验，巍然屹立。可是，人们惊恐地发现，乔卢特卡河改变了河道，跑到几百米以外去了！当地不得不再重新建造桥梁！你看，有时候不是你想主动寻求改变，而是环境逼你不得不改变!

与其被动地改变，不如主动走出舒适圈。这不就是"成长"吗? 在《成为: 米歇尔·奥巴马自传》(*Becoming*) 一书中，米歇尔·奥巴马 (Michelle LaVaughnRobinson Obama) 讲述了自己的成长经历: 成为自己，成为我们，成为更多。作为非洲裔女生，当她在高中选择报考常青藤名校时，负责帮助学生择校的教师生硬地说: "你不是这块材料。"但米歇尔想: "我不会允许他人的评判驱逐我内心的渴望。我可以改变前进的方式，但不会改变前进的目标。努力，是我唯一可以做的事。"她在申请材料中，真实地讲述家庭的背景，以及自己不断努力的故事。几个月之后，当她收到普林斯顿大学的录取通知书，她没有回去控告那位曾经轻视她的老师，因为"我不需要向她证明什么，我只需要证明给自己看"。

让自我驱动成为你走出舒适圈的理由，因为只有这样，你才会坦然接受结果而不会怨天尤人，勇敢面对误解甚至诋毁而不必虚弱无力。米歇尔写道，在丈夫奥巴马决定步入政坛时，她必须面对政治斗争的肮脏与无情，这对于她来说，太不适应了，太不喜欢了。听到政敌辱骂自己的丈夫，她愤怒、她心痛，又无能为力。两个人因为相处时间和沟通不够，关系也出现了裂痕。这时的米歇尔感觉自己"像一个攀登者马上要跌落冰隙，我奋力将斧头砍进岩石"。她主动提出接受婚姻咨询，调整生活的节奏。

即使后来他们生活的重心完全落在丈夫的竞选上，她也坚持要做自己，说自己想说的话。而这一点恰恰让选民接受了她，喜欢上她。当然，这也给她带来了麻烦，比如政敌的媒体刻意抹黑她，称她为"爱生气的米歇尔"。米歇尔认识到，作为第一个入主白宫的非洲裔家庭，她必须与丈夫一起为少数族裔争气。这意味着"当他们往低处走，我们往高处走"（When they go low, we go high）。用优雅和尊严面对无底线的攻击。2016 年当她为希拉里站台而说出这句话时，她的受欢迎程度甚至超过了她的丈夫。

不跨出舒适圈，你从何知道自己的成色呢？从何知道自己的潜能呢？王静出生于四川资阳的一个农村家庭，高中没有毕业就去广西打工。1999 年她与合伙人在北京创立户外用品公司——探路者，并亲手缝制了公司的第一顶帐篷。她挚爱登山运动，是第一位 4 次从南坡登顶珠穆朗玛峰的中国女性，用 139 天完成七大洲最高峰的攀登，用 142 天完成挑战地球九极（七大洲最高峰 + 南北极）。面对危险的旅程，"谁也预测不了，我们是否能安然无事；谁也预测不了，我们是否能到达顶峰；谁也预测不了，我们是否能在黑夜中活着下山"。当她骄傲地向我们展示由她首次拍摄到的珠峰落日的神奇照片时，她的眼神美丽而明亮。"只有经历过极致的困难，才会看到极致的美景。也只有在路上，我们才可能发现原本最初的自己。"她记得电影《跨越鸿沟》里的一段旁白："探险并不在于谁第一个横渡了某片海域，或是谁第一个登顶了某座山峰。探险在于内心的成长，在于突破自己的极限，到达那些你本来到不了的地方，然后再回到生活中来，让生活变得更有意义。"

跨出舒适圈，有时会让别人不舒服。你对此有思想准备吗？2010年，一首《忐忑》让龚琳娜大火，看到她如此别具一格的演唱，谁会想到她在学生时代接受的是正宗民族唱法的学院派教育？工作后她参加形形色色的晚会，美妆华服高跟鞋，对口型假唱，炫耀嗓音技巧。这份稳定和牢靠，常常让她内心不安，感觉自己离梦想越来越远了。在德国音乐家老锣"你要做真正立足于民族的音乐"的影响下，她背起行囊，在贵州的大山里采风，学"飞歌"，干农活，她懂得了民歌从何而来，不是为了表演，而是讲述生活、表达情感。她尝试用即兴的方式去表演，打破原有的无形的框框，自由地歌唱。这时，她有了从歌舞团辞职的想法，但母亲希望她不要丢掉铁饭碗。正在她犹豫之时，老锣用他那有限的中文直截了当地对她说："我们不可能同时开着所有的门，你选择打开其中一扇门，就必须选择关闭其他的门。"歌唱的方式变了，表演的方式变了，铁饭碗也不要了，这一连串"疯狂"的举动，让满心希望女儿成为"另一位民族歌唱家"的母亲既不解又不安。她固有的审美眼光跟不上女儿的变化，母女关系变得非常紧张。有一次母亲又被"气病了"，琳娜不知哪来的勇气，决心要改变和妈妈的相处方式：

"妈妈，你为什么那么爱生病？为什么那么爱'因为我们'而生病？我们不要你生病，我们要你健康。"用了十年的时间，母亲才终于打开了心结，接受了女儿的选择。龚琳娜所渴望的做"自由女人"，也把妈妈拉出了舒适圈。

跨出舒适圈，需要强烈的内心驱动，需要勇气，需要承受失败的坚韧，还需要审时度势的见识，自我洞察的智慧。

在经济学中，有一个著名的"水桶理论"。一只水桶能装多少水，取决于水桶最短的那块板。在团队协同的时候，这道理没错，但说到个人发展，如果总把目光聚焦到自己的短板上，把所有精力放在克服自己的"毛病"上（通常最多能让短板达到平均水平吧），那有可能失去真正的机会，而且身心俱疲。这机会是由你的优势带来的。换个比喻来说，你是一个撑竿跳高运动员，与其为自己的腿不如别人长而烦恼，不如找到支撑自己高高跳起的撑竿！我见到太多人总是因看到自己的不足而止步不前，或者因此感到自卑和沮丧，失去了改变的勇气。其实，强调优势并不是指盲目或傲慢，而是找到一种坚定的自我认同。人类数百万年的进化让我们本能地关注危险的信息，因为这与生存息息相关，所以我们本能地选择关注自己和他人的负面信息，一个悲观和不自信的人很难主动选择跳出舒适圈。

所以，心理学家沃特斯给"优势"下的定义是："优势是我们表现突出，并经常愿意表现的特质，它是建立在我们的天赋和后天努力的基础上的，可以有效地帮助我们实现目标，也对其他人的生活产生积极作用。"优势可以是某种才能，也可以是性格优势，比如有正义感、有自制力、有勇气、博爱，等等。如果爱因斯坦不发挥自己的好奇心，特雷莎修女没有同理心，很难想象他们如何发挥自己的才能。生理优势和技能优势仿佛是水面上的冰山，容易被发现，但积极的性格优势就不那么明显了，它需要自我洞察去发现，去挖掘。

跨出舒适圈，是顺着自身优势的方向，去寻找和发现新世界的旅程，是根植于自我认同的乐观情绪去探索和创造更多可能性的生长。善于利用自己的优势，会更容易实现和创造好的表现，获得肯定，这样更有机会带来积极的变化；遇到压力时，也会在保持信心的基础上激发潜在能力，突破发展的瓶颈，调整自己的节奏。

所以，跨出舒适圈不是盲目的，更不是跟风的。它源于自我认同和创造的渴望，懂得欣赏和感激，从积极的角度发现机遇，找到发挥自身优势的"甜蜜点"，在挫折中有承受压力、总结经验、改善方法的智慧，才是每个人都可以拥有的成长方式。

毕竟在成长的过程中，固然有攀登带来的"不舒适"，更有一路风景带来的极度舒适。

Part Three
BELONGING 与谁同行

别把所有的劲儿都使在孩子身上

　　黎巴嫩诗人纪伯伦（Gibran Kahlil Gibran）在《论孩子》（*On Children*）这首诗中写道："你的儿女，其实不是你的儿女。他们是生命对于自身渴望而诞生的孩子。他们借助你来到这世界，却非因你而来；他们在你身旁，却并不属于你。你可以给予他们爱，却不是你的想法，因为他们有自己的思想。你可以庇护他们的身体，却不是他们的灵魂，因为他们的灵魂属于明天……你是弓，儿女是从你那里射出的箭……怀着快乐的心情，在弓箭手的手中弯曲吧，因为他爱一路飞翔的箭，也爱无比稳定的弓。"

　　现实是：并不是每一张弓都是稳定的，所以常常把箭胡乱地射向别处。不过，纪伯伦用抚慰的方式告诉家长们一个真理，那就是，你的孩子有自己的人生目标。父母的爱不是占有，而是放手。家庭也是有生命周期的，老一代人离开，新一代人诞生，人聚，人散，血脉传递、融合……在这个周期里，父母的阶段性功能就是帮助孩子找到自己的目标和道路，并为他/她收拾行囊。

　　作为母亲，有缘与孩子成就一段深刻而独特的关系，真是一种幸运。即使是十月怀胎，忍受着据说是折断六条肋骨的疼痛生下他们，即使为他们的成长和教育操碎了心，也不能占有他们的自由意志。人生而自由。母亲是园丁，创造一个安全、有利的生态系统，为一株小树、一棵小苗松土、施肥、修剪、扶持，让植物按自己的特性长大成材，自由绽放；却不是一个木匠，把所有的木材都锯成标准的木块，然后组装成我们想要的家具。一件家具在存在之前，就以理念的形式存在于木匠的脑中，而人是按照自己的主观意志，把自己推向未来的一种存在。所以，做园丁而不要做木匠，帮助孩子成为他自己最好的模样吧。做母亲的，这就是我们的使命。

　　有一种刻板印象叫老母亲。

　　"夜深了，我已经睡着了。妈妈还坐在灯下为我缝补衣服。她的鬓角已经长出白发，眼角的皱纹也更深了。亲爱的妈妈，你太操劳了！"这是一位小学生的作文，题目是《我的母亲》。我读了不禁扑哧一声笑了出来。似曾相识啊，我上小学那会儿，也是这么写作文的。从孟郊的《游子吟》到"烛光里的妈妈"，母亲的形象就是操劳、辛苦、隐忍、无怨无悔地为孩子付出一切，自己却从不享受人生。这位小学生估计是从哪里抄来的这段文字，可怜的孩子没动脑筋：你睡着了，怎么看见妈妈在劳

纪伯伦·哈利勒·纪伯伦
Gibran Kahlil Gibran（1883 — 1931）

动? 你的妈妈只有四十来岁吧，她已经长出白发啦? 现在的衣服都挺结实的，需要经常缝补吗?

妈妈是否也可以是这样的: 孩子睡了之后，她翻开自己喜欢的书，或是在 iPad 上刷刷喜欢的剧集; 她打开衣橱，搭配一套得体的服装，第二天要给客户做提案; 她打开瑜伽垫，在轻柔的音乐里伸展自己的身体; 她上网搜找合适的餐厅，给闺蜜安排一个惊喜派对; 或者她舒舒服服地来个泡泡浴，再敷上张面膜，滋润一下肌肤和心情……

总之，妈妈可以爱爱她自己吗? 可以来点 free style 吗?

"哪有时间呐? "没听说"不做作业，母慈子孝; 一做作业，鸡飞狗跳"吗? 晚上 10 点，妈妈还在与孩子的搏斗中写作业呢!"你怎么就不能专心一点? ! ""我都说了十遍了，你怎么还不会? ! ""邻居家的 ×× 每次都考 100 分，都在一个班上，你怎么学的? ! "

声嘶力竭，筋疲力尽。难为你了，年轻的"老母亲""吼妈"; 辛苦你了，可怜的孩子!

焦虑，成了当代中国母亲的共同形象，而且，有点刻板。

网上有位妈妈问:"孩子 4 岁，英语词汇量只有 1000，够吗? "楼下的回答是:"看在哪儿了。在美国肯定够了，在海淀怕是不够。"除了给孩子"打鸡血"，安排无数补习班，还有"海淀妈妈""顺义妈妈"这样的群体。"海淀妈妈"们致力于把孩子送入北大、清华，"顺义妈妈"们瞄上了哈佛、耶鲁。为了实现目标，宁愿放弃工作，全力以赴辅导孩子。她们成了名副其实的"直升机父母"，永远盘旋在孩子头顶，监督孩子的一举一动。这背后的逻辑，除了"这都是为你好"的滔滔母爱，还有教育回报率的投资逻辑。

经济学家马赛厄斯·德普克 (Matthias Doepke) 和法布里奇奥·齐利博蒂 (Fabrizio Zilibotti) 撰写了《爱、金钱和孩子：育儿经济学》(*Love, Money, and Parenting：How Economics Explains the Way We Raise Our Kids*) 一书，他们试图用经济学理论来解释父母养育方式的选择。今天的父母"养儿防老"的需要没有那么强烈了，但期待孩子获得世俗意义上的成功，成了最重要的驱动力。因为现实中收入的不平等和教育回报率比较高，父母们更倾向于选择权威型和专断型的教养方式，以确保孩子"鲤鱼跃龙门"。父母们彼此攀比着，过早、过度，甚至超出自己的收入水平，不惜成本地投入孩子的教育，也使得育儿越来越昂贵，家长陪孩子的时间越来越长，就像是一场教育军备竞赛！

但是他们往往忽视了另一面，那就是，孩子需要学习的不仅有书本知识和解题能力，还有对他们一生更加重要的"非认知能力"：耐心、专注力、毅力、自控力、抗压力、想象力、创造力、独立解决问题的能力、沟通协作、处理冲突的能力，等等。父母们不仅忽视了这些基本素质的养成，而且常常忘了那句老话："言传不如身教。"

孩子多聪明啊！他们一眼就看出父母言行不一的毛病，并且有样学样。一位催孩子写作业，自己从来不看一本书的母亲，即使把孩子赶到了补习班，也会让孩子不情愿地嘟囔"你怎么不学习呢"。一位忍气吞声、逆来顺受的母亲，很可能让孩子走向两种极端：要么低自尊，不敢为合理的权利挺身而出；要么施加暴力，用拳头解决遇到的挑战。一位紧张焦虑、生活没有情趣的母亲，很容易让孩子对为什么要学习，甚至为什么要活着，产生深刻的怀疑："这都是为什么呀？这么活着有什么意思？"而一位没有边界概念，无时无刻不"盘旋"在孩子头顶的母亲，迟早会让孩子产生尽快逃离的叛逆，甚至影响他们未来的人际关系模式，对亲密关系心怀畏惧，生怕自己被别人"控制"……

爱，有的时候会让人窒息。

爱，是一种本能 (Nature)。懂得如何去爱，是一种养成 (Nurture)。无微不至的照顾，事必躬亲的督促，到头来，换来的可能是孩子空洞的眼神和无声的倦怠。你活生生地剥夺了孩子的自我驱动力。

美国有一位教育学家叫约翰·霍特 (John Holt)，写了一本书，叫《孩子是如何学习的》(How Children Learn)，其中就探讨了孩子主动学习的动力是什么。他发现第一就是好奇心，第二是理解与表达，第三是证明自己。

2016 年起，我制作了 18 集纪录片《探寻人工智能》。我一直思考这样一个问题，如果机器足够聪明，它会羡慕人类的什么智能？如果深度学习算法让机器在看过数万个猫的图像后，终于认出了一只猫，那不得不说，人类的小孩子实在要聪明得多，他能举一反三。他只要见过两三只猫，就能认出第四只猫，哪怕这几只猫的品种、体形都不相同。人工智能如一面镜子，让我们重新认识人类智能。一种定义是：它是探究、管理与预测不确定性的能力。人类探究未知的脚步永不止息，其核心就是我们的好奇心、想象力、共情力和创造力。我们不需要通过哄骗、贿赂或恐吓去"推动"孩子学习，我们需要做的是把世界带到他们身边，给他们需要的指导与帮助，然后走开。

孩子需要被看见，被鼓励去探索世界。做父母的，不是揪着孩子的缺点不放，而是帮助他/她发现自身独一无二的优势，并且发挥这些优势成就自己的梦想。心理学家莉·沃特斯提出了"优势教养"的概念。优势教养能给孩子带来的两个至关重要好处，还不在于某种具体技能的发展，而是乐观和坚韧这两种心理工具。乐观这种力量可以不断激励孩子创造积极的可能性，而坚韧则在孩子遇到挫折时能重新振作精神。归根到底，还是帮助孩子找到一种坚定的自我认同，并有能力适应环境、自我修正。

但是，更为常见的现象是，成年人选择性地关注孩子的缺点，并把自身对某种缺点的厌恶投射到孩子身上，甚至给孩子贴上某种负面标签。"你就是拖拖拉拉！""你就是不爱学习！""你就是胆小！"……久而久之，孩子也接受了你对他的负面印象，自暴自弃。但孩子是多么渴望自己的优势能被父母看见啊。这优势可能是能力方面的，比如唱歌、跳舞、运动、写作的能力，有可能是性格方面的，比如善良、勇敢、仁慈、有自制力……父母通过观察孩子擅长做的、经常做的事情，可以第一时间发现他的优势并加以鼓励，从而让孩子对自己充满信心，做得更好，就更有兴趣。更有兴趣，就更多地去做，从而得到更多的练习，形成一个良性的反馈机制。家长通过对孩子优势的欣赏与鼓励，帮他找到解决问题的方法。比如，通过夸奖孩子在好奇心强方面的优势，引导他把这种优势放在户外运动或新学科的探索中，就能让孩子自己找到适应新环境和学习新知识的动力与方法。如果一味盯着孩子的缺点，并横加斥责，那么不仅孩子会产生逆反情绪，亲子关系还会变得紧张。

　　所以，我想说：比催促孩子更重要的是发现孩子内在的动力，比传授知识更重要的是培养学习的能力和方法；比能力和方法更重要的，是给孩子展示你的活法。

　　只顾"育儿"，忘记"育己"，是父母容易落入的"坑"。可以问问自己:"我打算如何度过这仅有一次的自由而珍贵的生命?"要知道,孩子的成长也给了成年人一次新的成长机会,这就是父母与孩子的"双成长"。孩子看到自己的父母有是非观、有责任感、有充实的工作和人生目标,就会主动地去想象自己的人生。在日常生活中要想保护孩子的好奇心与想象力,最有效的方法就是:父母自己成为拥有好"玩"心态的人。这样的成年人是友好的、有趣的、喜欢冒险的、幽默的、让人意外的。这些属性会天然地吸引孩子,让他们乐于与你在一起,编一些神奇的童话、琢磨一些奇怪的事情。我们也在向孩子示范如何与人相处、与情绪相处,比如准确地把内心感受表达出来,而不是大声咆哮或乱砸东西。当孩子观察成年人有识别、表达和调节情绪的本领,他们在未来独自面对挫折和痛苦时的弹性就会大大增强,也更善于与人交往。

在这个日新月异的时代,一位好学的母亲是孩子最好的榜样,也是他们最好的朋友。承认自己有很多不懂的东西,不耻于向孩子请教;承认自己会犯错,甚至很严重的错,但有勇气去纠正错误;与孩子一起去寻找答案,把自己学到的有趣信息分享给孩子……你会发现,并不需要天天紧张兮兮地盯着孩子,苦口婆心地教诲他"要好好学习啊!",孩子会更加主动,甚至更加快乐地学习成长。

我还认为,作为母亲,我们没有必要刻意掩饰或压抑自己的感受去迎合孩子。如果你今天特别劳累或情绪不佳，可以用适当的方式告诉孩子："妈妈今天特别累，不太舒服，你能自己完成作业吗？""我今天特别生气或难过，让妈妈自己待一会儿好吗？"这些感受孩子是可以理解的，甚至会因此与妈妈产生共情，说上几句暖心的安慰。这是培养孩子处理情绪的很好示范啊！在孩子小时候，我曾经陪他们一起朗读经典童话《尼尔斯骑鹅旅行记》。有一次我出差时间比较长，非常想念孩子们，就给他们打电话，告诉他们我的感受。结果他们特别温柔地对我说："妈妈，你别难过，我们给你读一段《尼尔斯骑鹅旅行记》吧。"把我感动得呀……

一切的关系，皆从允许对方做自己开始，包括母子、母女之间的关系。所谓依恋，是人与人之间缔结亲密关系的能力。孩子是成长的主角，我们只是这个过程的参与者。无条件地爱他们，并尝试一点一点放手，把孩子的事情还给孩子，你会发现，自己因此轻松很多，也可以享受更好的亲子关系。

我们作为母亲的回报，不仅是孩子的成绩单和奖杯，也不仅是毕业典礼和婚礼，而是与孩子共同成长的珍贵体验，一起生活的快乐时光，以及点点滴滴的爱的表达。这就是园丁在劳作时看到的绿意、闻到的花香。

这世界上没有完美的母亲，也没有所谓"最好的照顾"。建议你做个深呼吸，告诉自己："我不仅仅是妈妈，更是我自己。"

结婚，不再是女人故事的大结局

　　每到春节，总有一个话题在热门榜上：催婚。湖南卫视的真人秀《我家那闺女》里，31 岁的女演员袁姗姗说自己不想找男朋友，她爸爸一句话怼过去："绝对不行，你必须要成个家！"奥运冠军何雯娜的爸爸被问到"希望女儿什么时候解决个人问题"时，脱口而出："越早越好！"何雯娜刚退役两年，还想多享受一下单身时光，而她的爸爸不耐烦地打断她，连续强调三次："你今年已经 30 了！"2019 年全国成人单身人口超过 2 亿，独居人口超 8000 万，这其中有还没有结婚的，也有结了又离了的。这也成为世界性的现象，美国、西欧和日本及东亚地区，单身族占到总人口的三分之一左右，"一人经济"成为潮流。

　　2020 年疫情期间，人们有了更多的时间待在家里，平日里总是抱怨没时间陪爱人和孩子的人，终于可以与家人朝夕相处了。疫情过后，两个数字增长了：怀孕的和离婚的。所以你看，不是每一段感情都经得起朝夕相处。2020 年一季度中国平均离婚率是 39.33%。

离婚的见多了，让不少人对婚姻的承诺产生怀疑："无论富裕或是贫穷，健康或是疾病，快乐或是忧愁，你都愿意爱他，尊重他，保护他，安慰他，忠实于他，直到永远。"可是，50 年前，这个"永远"可能只有 70 岁，现在人的寿命显著增加，加上世界变化的节奏加快，"永远"似乎真的很远唉。

著名幽默和讽刺大师萧伯纳有句名言："想结婚的就去结婚，想单身的就维持单身，反正到最后你们都会后悔的。"听起来挺毒舌。他在 20 世纪初写下对婚姻制度的一番吐槽："人们受制于最强烈、最疯狂、最蛊惑人心而又转瞬即逝的激情的支配，婚姻还要求他们宣誓，永远保持处于这种过度兴奋、异乎寻常而又让人心力交瘁的状态，直到死亡将两人分开为止。"这真是人间清醒啊！

倒是与萧伯纳同时代的美国作家马克·吐温经验更丰富。在他看来，"爱情是热烈的奔跑，婚姻是慢慢的生长。你如果没有 20 年的婚姻，很难体会它的好处。"你看，爱情是动物般的追逐，婚姻是植物般的成长。如果不能完成这之间的转换，恐怕就很难长久。而一旦转换成功，其回报也是相当慷慨的。持久美好的婚姻生活会显著提升个人的幸福感，甚至提高免疫力，让人少生病，少感冒！

哈佛大学曾经进行了一个历时 75 年的调查，跟踪了 724 人的大半生，这其中有哈佛大学的高才生，也包括波士顿贫民区的男孩，出了四位参议员，一位美国总统，也有人成了酒鬼，生活窘迫。但影响他们幸福感的最重要的因素，不是金钱、名望或地位，而是良好的社会关系，包括婚姻、家庭和朋友的关系。那些婚姻比较和睦的人，不仅身体更为健康，记忆力也更不容易衰退。良好的情感关系给我们带来更多安全感，被接纳和爱的快乐，以及共同创造美好生活的希望。

不过，历史上的男性和女性从婚姻中得到的好处是不同的。有调查显示，有伴侣的男性比独居的男性平均寿命长 5—8 年，而有伴侣的女性比独居的女性，寿命只长 2—3 年而已。"我感觉结婚后我变成了老公的无薪保姆和护士，而他对我的付出熟视无睹，也并没有因此更关注我的感受！"一位已婚女士说。

波伏瓦曾经这样评论"爱情"这个词对男女不同的意义。她认为这是他们严重误会的根源。几乎所有的女人都梦想过伟大的爱情，她们把这看作是拯救自己生活的机会。在女性无法真正掌控自己命运的时代，这几乎相当于第二次投胎。于是她们把爱情当作毕生的追求。而对于男人而言，爱情或女人，只是他们人生的一个部分而已。她梦想着自己对于他是必不可少的，没有自己他就无法生活下去，而她愿意为他奉献一切。可这种奉献又变成了一种期待和要求，即他将永远把她当作唯一的依恋，既崇拜她又宠爱她，而她，只要"貌美如花"就可以了。如果她发现男人的欲望热烈而短暂，甚至对其他女人也会迸发出爱的激情，她的幻想就被打破，既因这种背叛而愤怒，又因屈辱而自怨自艾，甚至否定自己存在的价值。于是她不断地问男人："你爱我吗？同昨天一样爱我吗？永远爱我吗？"波伏瓦认为，这种无休止的盘问几乎可以被看作是诱使男人撒谎和欺骗的原因。

柏拉图讲过一个寓言，说在很早的时候，人都是双性人，身体像一个圆球，一半是男，一半是女，后来被从中间劈开了，所以每个人都竭力要找回自己的另一半。于是，曾经有一种说法非常流行，那就是：在找到另一半之前，我们都是不完整的。在茫茫人海中找到严丝合缝的另一半的概率，即使不是零，也高不到哪儿去。这种对"浪漫爱情"的幻想反而造成了与现实巨大的落差。与此相比，我更相信，每个人都应该是自由而完整的，他们之所以愿意走到一起，是因为彼此懂得和欣赏。一段美好的情感是让关系中的两个人都更有机会成就更好的自己。他们彼此理解，相互尊重，在保持人格独立的同时产生情感的深度联结，进而创造共同的生活。波伏瓦说道："如果有一天，女人可以用自己的'强'去爱，而不是用自己的'弱'去爱，不是逃避自我，而是找到自我；不是自我舍弃，而是自我肯定的时候，爱情将对她和他一样，变成生活的源泉，而不是致命的危险。"

时代已经前进，但传统的择偶标准还有巨大惯性。男性对未来妻子的标准是容貌美丽、体贴贤惠、任劳任怨，最好对丈夫的欺骗行为视而不见；而越来越独立的女性，不少人还在以个子、房子、票子比自己更优越作为择偶的条件。或许，我们没有自己所标榜的那么独立吧？这让那些多金的男性在婚姻市场上炙手可热，而中低收入的男性机会渺渺。别忘了，由于选择性堕胎，中国男性已经比女性多了3000万！

爱情已经不易，至于说到婚姻，情形就更为复杂了。我听白先勇先生讲解《红楼梦》时，对一句话印象特别深刻："薛宝钗不是嫁给贾宝玉，而是嫁给了贾府。"真是一针见血。在宗法社会里，林黛玉注定会输给薛宝钗，因为她与贾宝玉彼此灵魂的"懂得"远远比不上择媳的其他条件的重要性：门当户对，身体健康，温良贤淑，相夫教子，人情练达……爱情是感性的，而婚姻是理性的；爱情只需两情相悦，婚姻则需要家族成员的接受。实际上，不仅是中国的儒教宗法社会如此，历史上各国的婚姻制度在大部分时间都是生存、繁衍、财富与权力的制度保障。"为爱成婚"是个近现代才出现的社会形态。

当代家庭问题研究专家斯蒂芬妮•孔茨 (Stephanie Coontz) 写了一本书，叫《为爱成婚：婚姻与爱情的前世今生》(*Marriage, a History: How Love Conquered Marriage*)。她认为，原始社会中，男性或女性有一方很难独立生存，所以通过向对方提供长期服务来换取保护和供养，包括有机会把孩子养大。那时婚姻也是族群获得生存机会的制度安排，比如在澳大利亚的原住民部落中，就有族长把女童分配给其他部落结婚，这样遇到饥荒的时候，无论这一族人走到哪里，都能通过联姻的部落获得救助。到了古代社会，王孙贵族之间通过婚姻来加强政治契约，公主们的婚姻是维护国家安全和巩固父兄政治地位的工具。文成公主和王昭君的"和亲"故事源远流长，有时能换来几十年的边疆安宁和生产发展。至于这些女人远嫁到没有亲人，语言不通的地方，与一个根本不认识的男人生活一辈子，这其中的痛苦难以名状，人们就顾不得了。小康之家的婚姻也很难做到为爱成婚，爱情甚至被看作是婚姻的毒药，因为继承人可能因为"耽于女色"而失去上进夺取功名的动力。《孔雀东南飞》的故事，陆游、唐琬的悲剧都是明证。引诱已婚女人的罪名比强奸还要严重，因为这意味着动了她丈夫家的钱袋子。如果不相信，你去看看徽州绵延数里的贞节牌坊就明白了。江南的名门望族有"娶贫儒之女"的家风，也就是说，娶的媳妇能够延续子嗣，教育继承人，还不会因娘家的势力大而"不听话"，才是最恰当的人选。直到17、18世纪，雇用劳动力的做法开始在西方普及，年轻人可以不依赖土地和父母的供养也能谋生时，才有了独立选择婚姻对象的权利。女人也逐渐有了获得收入的机会，虽然奉行"男主外,女主内"的性别分工,但妻子也通过家务劳动为家里节省开支而被认为是有贡献的。渐渐地,女性接受教育的机会越来越多,她们对自己的情感生活有了更多的精神诉求。中产阶级的女孩们喜欢读小说,于是简·奥斯汀和勃朗特姐妹们就积极地为她们写作。在她们的小说中,虽然也有简·爱说出"我虽然穷,也没有美貌,但是走向坟墓那一天,我与你的灵魂是平等的"的宣言,但是在这些小说中,女主角还是会幸运地得到爱情和经济的双重保障。能够嫁给富有又英俊的达西先生,经历一点傲慢与偏见的插曲又算得了什么呢。

倒是 19 世纪美国作家路易莎·梅·奥尔科特 (Louisa May Alcott) 的《小妇人》(*Little Women*) 打开了另一种女性人生的可能性。小说中的二女儿,热爱写作的乔,有着自己的不妥协:"时间可以吞噬一切,但它丝毫不能减少的是你的思想,你的幽默,你的善良,还有你的勇气。""我真的很讨厌人们说爱情是女人的全部。"随着女性工作机会的增多,女性对自身的认识出现了普遍的觉醒。美国记者丽贝卡·特雷斯特 (Rebecca Traister) 在采访了近百位单身女性之后,写了一本纪实文学作品《单身女性的时代:我的孤单,我的自我》(*All the Single Ladies: Unmarried Women and the Rise of an Independent Nation*)。她写道:"无论如何,女性对自由的向往和对陪伴的渴望,可以同样强烈,只是后者被宣传得更多。"一位接受采访的女性说:"我这

路易莎·梅·奥尔科特

Louisa May Alcott（1832 — 1888）

么努力地保护我的私人空间、作息时间和独处的自由，也是一种防御手段，为了不让自己发展不是真正想要的关系。"当女性不需要婚姻制度的保障就可以经济独立并且实现自己想要的生活方式，她们对婚姻和情感品质的要求提升了。有时候，拒绝婚姻是拒绝受到社会期待的限制。这在很大程度上撼动了婚姻制度，而生育手段的多样化也进一步挑战了婚姻对于生孩子这件事的约束。单身妈妈已经成为一些女性的主动选择。结婚，不再是女人故事的大结局。但困惑是存在的：男人能接受比他们收入高的女性吗？女性为什么还是在寻找各方面条件比自己好的男性？我们新构建的，不仅是女性对于人生道路的自主选择，更是社会的价值构成。

可以说，人类从未像今天这样把婚姻的选择权掌握在自己手中，但婚姻制度也从未像今天这样面临着挑战。更多的人愿意保持选择的开放性，更专注于投资自身的发展，也不想勉强自己为另一个人的生活方式妥协。

不过，婚姻仍然是我们文化中关于承诺的最高表达方式之一。拥有一段长久稳定，相互尊重呵护的情感生活，依然是人生幸福感的最可靠来源，也是子女健康成长的最好保障。所以，虽然我们可以调侃人类婚姻制度的种种局限，我们还是会对以爱情为基础的婚姻充满幻想和期待。两个成长环境、性格脾气不同的人决定长久地生活在一起，是个重要但艰难的决定。如果不再迷恋于"在所有事情上完美契合"的幻想，又愿意一起成长，迎接改变，也许会让这段旅程走得更顺利一些。

一位离婚律师给决定结婚的年轻人提出了几个问题：我们作为朋友是否合适？我们想要的人生目标一致吗？我们日常能看到对方最好的一面吗？我们都有努力保持关系的活力吗？我们处于压力当中时能团结起来吗？我们身边的人接受我们吗？……心理学家张怡筠博士在"天下女人研习社"开设的"幸福婚姻成长营"中特别提出：我们发生冲突时会如何解决？会出现暴力行为吗？我们的金钱观一致吗？我们的休闲生活打算如何度过？如果有一天我们分手了，能彼此祝福吗？在张怡筠看来，比出轨、变心更大的威胁来自三个方面：我们不了解自己，我们不了解对方，我们没有相处的能力。

人们对于不同心理特质的人如何在亲密关系中匹配，以及不同的成功率正在进行不断深入的研究。脑科学家阿米尔·莱文（Amir Levine）博士和临床心理学家蕾切尔·赫尔勒（Rachel Heller）博士在《关系的重建》（*Attached*）中提出了成年人的四种依恋风格，分别是安全型、焦虑型、回避型，以及焦虑回避型。比如焦虑型的人在亲密关系中没有安全感，不能忍受单身生活，总想试探对方，或者需要对方不断确认对自己的爱。而回避型的人，对承诺感到恐惧，担心受到约束或操控，所以如果一个焦虑型的人遇到了回避型的人，结果往往不妙。而很多人不理解这一点，只把失败归结于"渣男"，一再陷入情感的深坑。因此了解自己的依恋模式，意识到它的存在，并能有意识地调整，会有助于改变固化思维，减少误解，为自己的情感之路打开新的可能性。这被称为"激活策略"。与此相对应的，是解决冲突的五条安全型法则：基于对方的幸福着想；关注问题本身，就事论事；避免扩大冲突；愿意包容对方；在有效的沟通中理解彼此的感受和需求，等等。

虽然我们常常把爱情的偶然性理解为"一见钟情"，但亲密关系并不完全是听天由命的。为了这项生命中最大的馈赠与财富，我们值得试一试，并与相爱的人一起成长。

事业与家庭的平衡，是个伪命题吗？

　　我小学毕业那年，远在上海的爷爷给我买了一辆橘色的凤凰牌女式自行车。见到它的第一眼，我就有了驾驭它的强烈渴望。于是，在北京夏季雷阵雨冲刷过的操场上我开始学习骑自行车。先练蹬跑，一脚悬空，手扶车把"溜"上那么一段，找找感觉。然后坐在椅座上，爸爸扶着车的后座，让我用力向前蹬。一开始蹬得慢，车子东倒西歪，我就浑身较劲，后来逐渐加速，越骑越快，居然有了那么一点飞翔的刺激，而且有爸爸扶着，很稳当……一回头，不对，爸爸早就撒开了手，正叉着腰在朝我乐呢! 这一惊吓不要紧，我心中发慌，直愣愣地冲着一摊积水撞过去，不偏不倚，就在积水的中央，人仰马翻。怎么没先学如何刹车呢!

　　我就是这么学会骑自行车的。

　　每当人们问起我职场女性多元角色平衡的话题，我就会想起这段故事。爱因斯坦说过一句大白话:"想让自行车平衡,只管往前骑就是了。"我想,自行车两个轮子在一条线上,它的自然状态是不平衡的,而我们通过对它的作用力,让它在动态中获得了平衡。其实,所谓生活中的多元角色的平衡就是同样的道理。不平衡是常态,平衡是我们去适应、去调整的动态过程。

现代人生活场景复杂,角色多元,但每人每天都只有24小时,要想兼顾事业、家庭,的确需要一些方法论。彼此之间分享时间管理的心得,本来是件挺好的事,让它变味的是,人们通常只问女人这个问题。作为"报复",我经常会在采访中问男性嘉宾:"请问你是如何平衡事业和家庭呢?"他们中的大多数人都露出惊讶或不屑的眼神,好像这婆婆妈妈的问题与他们没啥关系。还有理直气壮地回答:"无法平衡!我怎么可能一边与客户应酬,一边陪娃写作业呢?"有一次看吴晓波的演讲,他说:"中国第一代创业者最大的败局,不是经营企业失败,而是常年过着如丧家犬般的生活。"与此相对应的是,不少女性在"丧偶式的育儿"中焦虑不堪。背后的现实都指向男性在家庭中的缺位。

人们为什么热衷问职场女性这个问题,又在期待什么样的答案呢?他们其实想问的是:"值吗?"为了一份工作,薪资很有可能没有老公高,搞得那么累,没法准时去接孩子放学,没时间做饭，还要陪孩子写作业，没有足够的睡眠，图啥呀?"什么?
还没结婚，还没生孩子? 你怎么不着急啊，这不成了剩女吗? 没
孩子的女人不完整啊……"对此，我只想给个白眼。哼，还是
男主外，女主内那一套。

那么平衡是个伪命题吗? 女人或男人只能在事业和家庭中
选一头吗? 我认为平衡的命题是成立的，不妨用另外一个比喻:
"请问你走路是靠左腿还是右腿? "你一定会说:"当然是靠两
条腿走路咯! "如果能够处理得当，事业和家庭可以相得益彰，
彼此促进。在马斯洛的人的需求理论里，"爱与归属""自我实
现"都是我们与生俱来的内在渴望。家庭和社会，是这种内在
渴望的关系外化。为此我们承担相应的责任，也甘愿付出时间
和精力。换种表达方式，我认为"平衡"的问题实际上是一个
"可持续"的问题: 健康可持续，关系可持续，事业可持续，孩
子成长可持续……

一旦我们从"可持续"的角度去看待这个问题，一个动态
的时间表就呈现在眼前。我们首先接受的现实是，不平衡是常
态，是正常的。追求时时刻刻的平衡与完美，既不可能也无必
要。取舍和管理才是关键，而这有时会特别艰难。记得 2009
年我的婆婆因病去世，而《杨澜访谈录》节目组在一周之后就
要奔赴多国采访政要，制作建国六十周年的特别系列。在这一
周的时间里，我和丈夫料理了老人的后事，安顿了亲属和友人。

丈夫说："这里的事有我呢，你按原计划去工作吧。"但其实他自己还处于深深的悲痛中无法自拔。后来他告诉我，那几天他都祈祷能梦见母亲，可是妈妈没有来梦里……登上飞机的我又何尝不感到被撕裂的痛楚？这些采访固然很难预约，而且还牵扯到整个摄制组的机票和行程，但我难道不应该去做这样的努力吗？毕竟，这些政要的时间还可以再安排，但老公却只有我才能陪伴和安慰。如果今天的我面对同样的选择，我会留下来陪他。回首过去，我心存愧疚。

"愧疚是职场女性的中间名。"记得我采访美国第一位女国务卿奥尔布赖特的时候，她这样说。但她认为这份愧疚更多来源于社会与自我的角色期待。同样的困境如果摆在男性面前，他们也会踌躇不决，但一旦决定了，往往不会用这么多愧疚来惩罚自己。在主流媒体上，有许多这样的事例被报道，成为"舍小家，顾大家"的高尚之举。责任使然，每个人都有无奈与无助，"平衡"事业和家庭，对男、女都不容易，但对女人来说尤其如此。

起码我们可以诚实面对，不需要把自己武装成无所不能的女超人。比如：我知道自己没时间给家人做饭，就请个会做饭的阿姨帮忙，虽然孩子们抱怨不知道什么是"妈妈的味道"，但我带他去他们喜欢的比萨店或是偶尔与他们来一次厨艺比拼，心悦诚服地"输给"他们，也是他们很开心的回忆。如果实在有重要的出差任务而误了孩子的家长会或生日派对，我会跟孩子当面解释妈妈的难处，对他们说对不起。孩子很小的时候也会因此不开心，后来他们拿我没办法了，往往会给可怜巴巴的我一个大拥抱，然后拍拍我的肩膀说："妈妈，你去吧，我们知道你已经尽力啦。"泪奔哪。

说到可持续，自身的健康就是底层设计。如果把我们的各种责任和角色担当比作一把伞的骨架，它们能撑起多大一片天空，取决于中间的伞柄，就是我们的承受能力了，身、心、灵都包括在内。一旦自己的身体或情绪出现了亚健康的状况，那么各种"平衡"也就谈不上了。管理学大师彼得·德鲁克认为："一切的管理，归根到底是对自我的管理。"身体需要管理，时间需要管理，压力需要管理，精力也需要管理，而出发点，就是思维方式的管理。比如，我们可以把事情按重要和紧急两个维度分为四个象限。重要且紧急的事情当然要优先处理；重要但不紧急的事情常常被我们忽略，比如学习和战略的思考，就应该放在头脑清醒的时候处理；紧急但不那么重要的事情，虽然占时间，但不太费脑子，可以用下午的时间处理事务性的工作。而恰恰是既不紧急也不重要的事情占用了我们大部分时间。比如可去可不去的交际应酬，还有特别耗时间的社交媒体。

我建议每个人都要给自己留出一些独处的时间和空间，让自己紧张的情绪放松下来，从自己的爱好，比如音乐、阅读、花艺等方面获得乐趣和营养，哪怕只有 20 分钟或半个小时，也是个人能量"充电"的黄金时间。保证充足的睡眠，适当的运动健身，对维护自身的平衡特别重要，能帮到你，甚至拯救你的都是这样一些小习惯、小执着。比如，我养成了随时可以睡上一小觉的习惯。在车上，在飞机上，在化妆间的沙发上，给我 15 分钟，我就眯一会儿，常常真的睡着了，修补精神十分管用。每周三次运动健身，或跑步，或划船（机），或瑜伽，烧掉多少卡路里倒在其次，关键是促进血液循环，保持良好的心肺功能和强化肌肉骨骼，有更好的耐受力。至于减压，静坐冥想收效甚佳，吃块巧克力也是很幸福的事。这些小习惯虽然不起眼，却为波涛汹涌的情绪找到安顿的港湾。要知道，充沛的体力和稳定的情绪是专注力的两个必要条件，帮助你更高效地利用时间。平衡，也是要靠能量的。

学会求助，建立自己的支持系统也很重要，这就像雨伞的撑架，组合成一片遮风挡雨的庇护。比如不要把丈夫从育儿的责任中推走，好像爸爸不可靠、不自觉，其实他也很想参与到育儿的过程中，有时是被妈妈不断地抱怨辛苦，或是数落批评吓退的。为什么不能多夸夸他："你看，孩子跟你在一起多开心！""你教他的游戏恰恰是我不擅长的。""你的教育方式让我们的孩子更勇敢了。"爸爸也从中获得很多乐趣和谈资，成为他与孩子中间深厚的情感纽带。遇到我出差的时候，我就请老公出马去开家长会。他回来跟孩子说："你的老师真能说，一口气说一个半小时都不带喘口气的！你们的椅子也太小了，我这么大的体格，还有一半悬空着呢！哈哈！"我看他的眼神，满满的快乐和温柔啊。如果家中有长辈，那也是你人生中的福星，可一定要把他们哄好。我的公婆和父母都给我很大支持。孩子小的时候，我们讨论了分工方式：老人负责孩子吃饭、睡觉、外出接送；我和老公负责教育、游戏和户外运动；遇到孩子生病，医生朋友特别多的爷爷就自告奋勇地给医生打电话咨询，或者送孩子去医院。孩子从小得到祖辈的疼爱，与他们也特别亲热。有时一句天真的"等我长大了，就由我来照顾你们吧"，把老人家感动得热泪盈眶。

其实，我们的支持系统还包括孩子本身。在他们上小学的头两年，我和家人商量，一定要培养孩子独立完成作业的习惯和能力，做作业时要专注，不同时干别的事情，成年人不越俎代庖，启发他们独立思考问题，找到解题方法。小学三年级以后，他们就基本上不需要父母陪着写作业了。等到他们上了中学，有时我好心帮他们出出主意，还被他们嫌弃："妈妈，上次的作文就是因为按你的思路写，得了超低分，你就别掺和了。"你看，想帮忙也帮不上了。

父母的示范本身就是对孩子自我管理的最好示范。我们热爱学习，对新知充满好奇，在饭桌上分享有趣的见闻，跟孩子一起争论一些校园和社会议题，都是在潜移默化中培养他们的探索精神和思辨能力、表达能力。当我时不时拿出自己的行程表查看的时候，孩子们也会凑过来大呼小叫一番："哇塞，这么多事情要做，太疯狂啦！"我假装淡定地回答："疯狂归疯狂，但也不是不能搞定的！"我的时间太紧张了，不能重复去做学校老师该做的事，而要给予孩子家庭教育的补充。所以我从不逼他们去上学业的补习班，因为他们应该上课专注听讲，而不是寄希望于课后补习。而每个周末，我都亲自陪他们去兴趣班，比如艺术和体育。假期带他们出外旅行、增长见识。这样的"有所为有所不为"补充了学校教育的不足，合理分配了时间，也大大增进了与孩子之间的感情，还兼具"情报"功能，了解了他们在学校里遇到的事情，以及他们喜欢什么样的同学！

平衡，不是一个伪命题。我们要做的是：接受不平衡。然后呢？小车不倒尽管骑呗！

她不想生孩子，是因为太独立了吗？

"中国的女人们为什么不想生孩子？"有人问。

中国的出生率下滑已经引起了越来越多的担忧。2015年全面放开二孩政策，2016年出生人口从1655万上升到1786万；可是到了2018年，数字又回落到1523万；2019年1465万，人口出生率为10.48‰。在长期低生育率背景下，中国15—64岁劳动年龄人口比例及规模分别在2010年、2013年到达峰值，人口年龄结构开始呈现倒三角的现象。按联合国和世界银行的标准，如果一个国家60岁以上人口达到10%，或者65岁以上人口达到7%，就可视为进入老龄社会，而截至2019年末，中国60岁及以上人口已占总人口的18.1%，65岁及以上人口占总人口12.6%，可谓正式进入了老龄化社会。出生率下降导致的一个直接结果就是加重了中国的养老负担。从城镇职工基本养老保险基金看，2015—2019年基金收入平均增速是14.5%，而支出平均增速 17.2%。2019 年已经有 16 个省养老金入不敷出！

"就是因为现在的女人们太独立了！"有人回答。

经济发展和教育水平的提高确实让女性推迟了结婚年龄。2017 年以后，接受高等教育的学生中女性占到 52.5%，占据主导地位。女性的初婚年龄从 1990 年的 21.4 岁上升到 25.7 岁以上，并有继续走高趋势。初育年龄也从 23.4 岁提高到 26.8 岁。还有就是女性的结婚意愿也有所降低。一方面，女性收入增加了，不需要为了"搭伙过日子"而结婚。2016 年城市女性个人月均收入为 6936 元，其中月收入在 5000 元以上的占 55.9%。另一方面，中国女性的劳动参与率在世界上处于领先位置，达到近 70%，高于美国 10%，高于日本 20%，甚至高于欧洲一些国家的男性。"太忙了，没那么多时间去相亲"，成了女性推迟结婚的一种理由。

还有一个原因是，中国的男性和女性依然受到传统观点的影响，男性希望寻找美丽、温柔、贤惠的女子为妻，而女性呢，不愿意配偶的教育水平、经济收入（还有身高）低于自己，这就进一步加剧了婚姻市场的匹配难度。自计划生育政策实施以来，因选择性流产出现的男女性别比失衡，使"90 后"的男性比女性多了近 900 万，"00 后"的男性比女性多了近 1300 万！"恐婚"也是一种普遍的心理状态。社会离婚率不断攀升，各种山盟海誓转眼成烟的，从如胶似漆到反目成仇的……这些新闻在社交网络上飞速传播，让人"不敢相信爱情了""哪有什么天长地久？""婚姻太不可靠了"。为什么要把命运和幸福交给另一个人而失去自由呢？今天的年轻人对婚姻持怀疑态度。虽然不结婚，但情感还是需要陪伴的，于是养宠物成了不少未婚人士的选择。小猫、小狗比人的忠实度高多了。

《中国青年报》社会调查中心对近 2000 名"80 后""90 后"进行的一项调查显示，48% 的受访者计划要二孩，34.2% 明确不要。照顾孩子没人手，经济压力大是他们最大的顾虑。"就算我想生孩子，我也养不起啊。""养一个还凑合，每个月不算吃穿，就是各种补习班，就要花掉 3000 多元。两个怎么养得起！"

除了生娃养娃的费用高以外，职场与家庭更难平衡也是现实的考虑，这是女人生孩子的机会成本啊！"如果生了俩娃，我哪有时间工作？"与其雇保姆，不如我辞职回家，反正老公挣得比较多。这是生娃背后的经济学。2019 年我出席哥伦比亚大学"包容经济中的女性"论坛时，一位社会学教授分享了她对家庭经济学的研究："职场性别工资差异越大，女性越倾向于在家庭工作。"她认为就像企业会将利益最大化，家庭会把综合的生活质量放在首位。如何把资源最"合理"地分配在相互有竞争关系的职场和家庭呢？夫妻往往会选择收入较少的人多做一些家务；家务做多了，就造成了"你就是比较擅长做家务嘛"

的结论，于是通常是女性，需要做出"牺牲工作，照顾孩子"的选择。所以职场性别收入的差异导致了所谓的"低位纳许平衡"（Inferior Nash Equilibrium），即家庭综合生活质量在一个较低的水平上达到平衡，而失去了向更高平衡迈进的机会。

"女性不愿意生孩子，不是因为女性太独立了，而恰恰是因为性别还不够平等，女性还不够独立。"携程的创始人之一，社会学博士梁建章在参加2019年"天下女人国际论坛"时如是说。

东亚国家的文化中，都存在女性结婚时间晚、大龄未婚的现象。这与歧视女性的文化传统有关。比如一些男性认为家务就是女人的事，男子汉做家务是丢脸的事。女性就想：我挣的不比你少，又要生孩子，又要伺候你，还要做家务，也太辛苦了。所以结婚意愿低与"男主外，女主内"的传统性别分工有关。同时，传统儒学观念中女性未婚而育是不体面的事，使得未婚女性不敢轻易挑战做单亲妈妈所要承受的社会压力，因此生育率也就降低了。而在北欧，社会文化和政府福利对已婚或未婚妈妈是一视同仁的，男性选择做"家庭主男"也不需要面对太多社会歧视，所以生育率反而比东亚发达地区更高一些。所以，不是说经济越发达，女性教育和收入水平越高，生育率就一定更低，而是与当地社会文化息息相关。

"要鼓励生育，中央财政应该补贴妈妈们或者少收她们的税，因为未来这些孩子长大，税收的主要受益者是中央政府，这是国家对人力资源的投资。"梁建章说。他还建议取消社会福利对单身母亲的歧视，提供更有弹性的工作地点和时间。在他的公司里，有婴儿的父亲和母亲都可以选择一部分时间在家工作。他发现工作效率反而提高了，因为他们不需要在上下班的通勤中浪费太多的时间。

生育支持是一个系统工程。说到国家政策，就有必要探讨一下政策的初衷和结果。我们国家法律制度对女性权益保护不可谓不下功夫，比如带薪产假已经达到 4 个月且企业不得解雇哺乳期女性等。但是这样一来，企业雇用育龄女性员工的成本增加了，使得企业在招工中明里暗里询问女性候选人的婚姻和生育状况，形成就业的性别歧视。如果男性陪产假的政策能够强制实行，如 2021 年两会中一些政协委员和人大代表提议的那样，那么企业雇用男女员工的机会成本的差距就会缩小，对减少性别歧视会带来正向的刺激。

"女性的姓氏不能传承是个巨大的浪费！"梁建章又提出一个"奇招"："头衔很重要的！设想如果男孩跟爸爸的姓，女孩跟妈妈的姓，那么女性也有传承的动机啊！而男性会想如果男孩子都随父姓，女儿的孩子还是要跟其他家庭的姓；让女儿跟妈妈的姓，对我也没有损失，所以基本上也不会反对。"现场的女性观众听了这番话，都禁不住鼓起掌来。有人窃窃私语道："这样一来，为了夫妻两人都能把自己的姓氏传下去，那不就得多生几个娃了吗?"

至于婚育成本高,还真是让不少夫妻做生二孩的决定时望而却步。婚前彩礼,要有面子;婚后还房贷,又是十几年的压力。2018 年中国个人购房的房贷与收入比(个人购房贷款余额/可支配收入)较 2004 年,从 16.2% 增至 47.6%,带动居民债务余额与可支配收入之比从 28.6% 增至 88.4%。生二孩意味着需要更多的居住空间,照顾孩子的老人或保姆也需要空间,工薪阶层的家庭不得不掂量掂量。

教育成本也在明显增加,不仅是学费、课外补习费,还有假期游学、旅行的费用。如果要送孩子出国留学,更要早早开始储蓄。精力和时间成本更是水涨船高:每天接送孩子上下学、辅导孩子功课,让无数"慈母"累成"老母亲"。有些老师要求家长批改并讲解学生家庭作业,让家长们筋疲力尽、心力交瘁,还出现不少"退群"事件。

根据《中国婚姻报告 2021》显示,学前教育阶段教育支出占家庭收入的 26%,义务教育和高中教育阶段占 21%,大学阶段占 29%。优质教学资源不足且分布不均,家长们怕孩子"输在起跑线上",相互攀比,压力山大。现代家庭教育理念的普及,一方面增强了家长们在情商培养、行为塑造、认知能力和社会性养成方面的知识和意识,另一方面,又对家长的有效陪伴时间和育儿质量提出更高要求。"还不如不知道这么多育儿知识呢！"有的家长叹气道，"过去我的父母只管我吃饱穿暖就行了，可今天我要留意孩子成长的方方面面，生怕遗漏了什么机会，造成遗憾。身体累不说，心更累啊！要是再有一个娃，怕是招架不过来咯！"

再说说职场女性生娃的机会成本。"生还是升"是非常现实的考虑。大学毕业22岁，读个研究生24岁了。工作的头几年总要拼一拼吧，这就到了28岁。此时到底争取晋升，还是结婚生娃，就是男女在职场表现上的分水岭。传统观念中，生娃养娃，母亲的责任比父亲大。孩子生病了，多数情况下也是妈妈请假陪孩子上医院；幼儿依恋母亲，当妈妈的如果长期出差还真是舍不得。有经济条件的母亲可以请保姆、司机，身体好的母亲可以把孩子哄睡着了加夜班，可是毕竟不是每位女性都能长时间地按这种节奏工作。

我在节目中采访过一位职场女性，她为了满足工作和生娃的需要，不得不精细化管理自己的时间，以至于留给自己怀孕的窗口期只有三个月：因为如果错过了这个"档期"，就势必在公司最忙的时候分娩，在哺乳期出国……生育被排上了流水线，身体也被安装了计时器，想想都焦虑。问题是，孩子出生只是一个时间节点，你能控制他/她如何成长吗？一个小生命的种种奇迹，也可能以这样的形式出现：在你带队竞标时，他发烧了；在你出差时，他跟别的孩子打架了；在你生病时，他逃学了；在你完不成业绩指标时，他早恋了……我们无法计算孩子成长的种种需求，就像我们也无法计算自己成长中的种种未知。

话说回来，女性所面临的生育难题，还是被笼罩在性别偏见的阴影里。父亲们一句"我搞不定孩子"或"我一个大男人怎么能换尿布啊""我负责挣钱，你负责带娃，这就是家庭分工啊，天经地义"，造成了不少所谓"丧偶式"育儿。要鼓励生育，就要提倡新型的家庭文化，父亲也要承担家务和教育责任。职场文化也需要改变。老板一句"你怎么又因为孩子请假啦"让女性把要求加薪的申请收了回来。我曾经采访韩国资深女议员、大法官罗卿瑷，她说："孩子小的时候很容易生病，而我为了不被同事指责因家事耽误工作，有时只有谎称是自己生病了，需要请假。那真是一段相当辛苦的日子。"在百度上，搜索"全职妈妈回归职场太难"，能得到约 134 万条结果! 女人从生育到职场，就像是在奔赴一个又一个战场。如果与社会脱节，就会失去职场竞争力；如果没有经济独立，又会失去婚姻中的安全感。女性往往要付出比男人多几倍的努力才能取得所谓的"平衡"。2016 年初一个社会调查显示，年轻母亲的自尊水平在孩子出生那年急剧下降，在此后的三年中持续下降。也就是说，生孩子反而让女性降低了自我评价! 所以想要鼓励女性生育，就要为她们提供更友好的社会支持，如方便可及的婴幼儿照护服务，小学生课后托管服务和妇女生育后复返工作的培训等。

今天的女人不再只是传宗接代的生育工具，生不生孩子是她们的自由选择。"不生娃就不完整了"就像"不结婚就成了剩女"一样是过时的观念了。但是，"一个女人最大的失败就是没有儿女"，一条网络评论，将舞蹈家杨丽萍卷入争议中，甚至有某位大学教授也说"女人不生孩子是不负责任"甚至是"反人类的"！但是女性选择不结婚或不生育，这并不妨碍她们拥有精彩的人生，和为社会做出贡献。问题是，如果一个男人不结婚，他有可能被冠上"钻石王老五"的称号，如果一个男人决定不要孩子，他会被羡慕身心自由，但女人这么做的时候就似乎特别扎眼，似乎有一种压力让她们需要做出某种解释。归根到底，男人或女人都有权利决定自己是否选择婚姻，是否选择成为父母。当社会生育率下降的时候，我们应该思考并设计一系列的社会政策，以降低生育成本，形成更友善的、更具支持性的社会环境。然而，人们首先会问的却是："中国的女人们怎么了？"

亲爱的，不是你不够好

"都怪我！如果我更勤快一点，妈妈就会像喜欢弟弟那样喜欢我。"

"都怪我！如果我对他更温柔，他就不会出轨了。"

"都怪我！如果我少发表点自己的意见，同事们就不会嫌我啰唆了。"

"都怪我！如果我再优秀一些，老板就不会屡屡提拔我的男同事而忽略我的存在了。"

亲爱的，你怎么能把别人的错都怪到自己头上？你要成长，要成为更好的自己，但并不是为了配得上什么人，而是因为你自己会更快乐！即使你做了所有的家务，你的重男轻女的妈妈还是会偏爱弟弟；即使你温柔似水，该出轨的还是会出轨；即使你彻底闭嘴，你的同事们还有可能嫌你多余；即使你已经出类拔萃，老板也还是相信男人比女人更有领导力。所以，别骗自己了!

我们无法对环境中的偏见乃至恶意视而不见。

东京奥运会组委会主席森喜朗说:"女人话太多,所以我们必须确保她们的发言时间受到限制,否则她们就说起来没完,很烦人。"几年前中国企业家俞敏洪说:"如果中国女人挑选男人的标准是要男人会赚钱,至于良心好不好我不管,那么所有男人都会变成良心不好但是赚钱很多的男人。所以实际上一个国家到底好不好,常在女性,就是这个原因。中国女性的堕落,导致了整个国家的堕落。"

在《女性与权力:一份宣言》(*Women & Power:A Manifesto*) 一书中,剑桥大学教授玛丽·比尔德 (Mary Beard) 分析了西方文明史中的"厌女症"。从希腊神话到莎士比亚戏剧,从美国奴隶制农场到国会山,都贯穿这样一句话:"女人,闭嘴!"她发现,当女性发出自己的声音,发表自己的主张的时候,她们就对男性主导的权力体系带来了某种威胁和挑战,而这是不被容忍的,是会被贬损、斥责、丑化的。特朗普的拥趸就曾经制作漫画,把特朗普画成神话中的英雄珀尔修斯,而希拉里则成为他手中被砍了头的美杜莎。

当你向前一步,说出自己的想法的时候,就会有人不习惯、不高兴。这,你没办法。当你有远大的理想,希望改变世界的时候,就会有人认为"太有野心"。这,你没办法。当你撸起袖

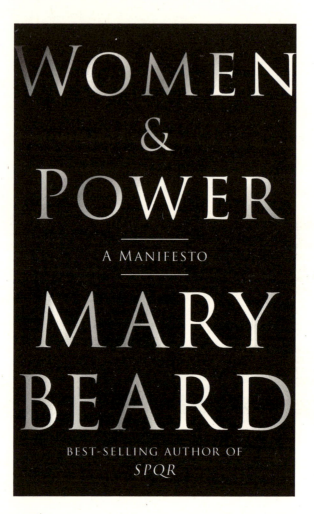

《女性与权力：一份宣言》
Women & Power: A Manifesto

子干活儿，就一定会犯错误，会得罪人。这，你没办法。

你能做的，就是拒绝生活在恐惧中，不需要以完美的标准苛责自己，更不必强求别人都喜欢你，因为你有更重要的事情去做：做你自己。

消除性别偏见的责任不该被推到个体身上，因为真正的解决方案是社会观念的改变。"暗示性别歧视是女人的错"是一种被错置的责任。女性遭遇性骚扰就是因为她们"穿着性感"，遭受家庭暴力是因为她们"喋喋不休"，被出轨是因为她们"人老珠黄"，被抢劫是因为她们"偏偏一个人走夜路"。即使相对安全的地区，大多数女性对独自走夜路或上出租车都会产生紧张的情绪。父母从小教育女孩如何保护自己，但却很少有意识地教育男孩尊重女性。以至于他们长大后，面对女性的不安全感，往往缺乏理解，常常以一句"攻击女性的男人只是极少数嘛！何必那么敏感呢？"来安慰。

2020年9月30日，四川省阿坝州金川县的藏族姑娘拉姆被前夫浇了满身汽油后纵火烧死。2019年1月31日，山东德州方庄村女孩方洋洋因为不能怀孕而被丈夫和公婆多次饿肚子，用木棍抽打，冬天在室外罚站虐待致死。新冠疫情期间，女性遭受家庭暴力的案例成倍激增，全球大约有2—4亿女性遭受家暴伤害。南非社会学家戴安娜·罗素认为，"杀害女性"是一种根植于性别权力结构中的暴力形式，与种族问题、经济不平等等问题交叉出现。

性别歧视的文化对女性的自我评价带来负面的影响。2014年康奈尔大学的一项研究指出，在两性的实际表现相同时，男性倾向于高估自己的能力和成绩，而女性往往低估。惠普的一个内部调查发现，男性在满足60%的招聘要求时就会投简历，而女性则要有100%的把握时才提出申请。当一个工作项目获得成功时，男性更倾向于把功劳揽到自己头上，而女性则谦虚地说："其实我没做什么，都是团队的功劳。"脱口秀演员杨笠调侃男性"迷之自信"的现象说："为什么有些男生看起来那么普通，但他却可以那么自信？"她选择了比较温和的方式，但依然受到网络攻击，说她挑起了性别对立。

我采访的女性创业者，她们在向投行提报商业计划书时往往留有很多余地，而男性创业者往往自信爆棚，夸下海口。如果不成功，他们会说"运气不好"，而这些女企业家们都首先自责"我能力不足"。难怪，在女性占据中国创业者25%—35%的今天，她们独立拿到的融资额只占投行的2.2%。如果她们和男性合伙人一起去找投资，那么运气会稍微好一点，达到12%。是的，仅此而已。

缺乏信心的表现被认为是"仿冒者综合征"（Imposter Syndrome），指一个人常常认为自己配不上某份工作或头衔，是个随时会被发现、被揭穿的"仿冒者"。所以职场中的女性常常自信不足、焦虑不安。不过，也有学者提出，男女的"自信差距"是结果，而不是原因，因为男女在表现出自信时，收到的回报是不同的。比如男性越自信就越容易在组织中获得影响力；而女性如果表现出同样程度的自信，就需要同时表现出利他和无私的动机。比如，她被期待"有求必应"，随时准备放下自己手头的事而去帮助同事；比如她在做大事时也必须把小事做好，像是替会议室的男同事们倒茶、倒咖啡。

美国威廉与玛丽学院的梅森商学院还做过一个16000人参加的职场调查，结果发现女性在企业高管中的比例小在一定程度上是因为她们的人脉不如男性同事广。她们会被分配更多"枯燥烦琐"，相对不那么重要的工作；她们一下班就跑回家去照顾家人和孩子，而男同事们都可以去邀请客户喝酒；她们如果跨行业进行社交，会被认为是"好交际"，这放在女性身上，有时并不是一种赞美。

"如果你没那么优秀，没那么聪明，没那么高尚，没那么完美，你就不配得到平等的对待和尊重，就没有机会获得合理的收入和晋级。"这就是无形中束缚了女性成长的潜台词。想想看，不敢冒犯他人、不敢竞争、不敢失败、不敢"自私"、不敢……女人还没有出发，就已经被打败了。到头来，沮丧的她还认为这只能怪自己不够好，从此打消了尝试的念头。

"他们说……"

我经常听到女性朋友明明是要讲述自己的想法，却花了更多的时间猜测他人的看法。"他们说，我太张扬了。""他们说，我太咄咄逼人了。""他们说，我太没女人味了。"他们，他们是谁？你听到他们亲口说了吗？你跟他们很熟吗？他们爱你、尊重你吗？他们的话公平吗？他们的意见有建设性吗？具有讽刺意味的是，"他们"很有可能并不在乎你，"他们"都在忙着自己的事，只是随口一说而已。"他们"既不了解真实情况，也无心去了解真实情况，"他们"只是在表达自己的某种情绪，与你并没有太大关系。还有，你不必今后跟"他们"有太多交集。可是，就是因为"他们"说了些什么，给你带来了不少烦恼和困扰，让你不安、不自信，甚至自卑起来。因为，你本来也觉得自己会搞砸的！"对不起"，你不自觉地对"他们"这样说。

"女孩，请停止道歉！"知名博主瑞秋·霍利斯如是说，"你必须放弃处处取悦别人的想法！……你可以追求自己想要的东西，这是世界上最自由、最强大的感受。你的梦想是属于你的，你不需要找任何理由来获得别人的许可。"

学会与不安全感相处。学会大胆说出自己的需要和想法。学会原谅自己。学会接受自己也会犯错。学会总有人不喜欢你但也没什么大不了的。学会拒绝，当别人求你帮忙而你一时还有更重要更紧迫的工作要干，如实告诉他吧。学会说出"是的，我做到了"，把属于自己的功劳拿过来。学会结交对自己有帮助的商业伙伴或带来启发的智者。学会离开那些充满嫉妒、搬弄是非的小圈子，是的，你可以"没有时间"奉陪。学会告诉那些已经成年却总是依赖你救济的人："这些事你应该自己负责。"学会告诉自己的孩子："妈妈不能永远陪你做作业，这是你自己的事。"学会对那个口口声声说爱你，但总是贬低你，说你不配得到爱，甚至对你羞辱、施暴的人说再见，逃出这种PUA(Pickup Artist，搭讪艺术家，现指通过不正当的身心操控行为，欺骗女性)式的有毒关系。你如果选择和一个人共度余生，他对你应该有起码的尊重。

你曾经拥有最好的样子是怎样的？十年后你希望自己成为什么样子？在脑海中描绘尽可能多的细节，好像未来的你就站在面前。你想对她说什么？她会对你说什么？我最不希望发生的事是她对你说："你本来有机会……但你放弃了。"

未来充满了不确定性，也充满了可能性。如果你不去定义自己，很快就会有别人定义你。那么，为什么不去试一试呢？万一成功了呢？

这个世界需要女性视角。2020年11月，我主持了第33届金鸡奖女性电影论坛。中国艺术研究院电影电视研究所所长丁亚平先生说："所谓女性电影，并不止于女性形象和题材，也不仅仅是女性电影工作者创作的电影。女性电影代表着女性看待世界的方式……在重新构建性别和权力的讨论中，让那些在男性电影叙事中被遮蔽的女性失语等逐渐现形。"他认为女性视角是一种尊重个体体验的、平等的视角，因此是更人性化的视角。导演李少红说："我慢慢从不自觉到自觉，更有勇气用女性视角创作。"女性电影打破了某种约定俗成的看待世界的方式，有时它带来不适感，但这正是价值所在。从"不可见"走向"被看见""被听见"，埋下理解的种子。

这不仅仅是你一个人的奋斗，甚至不仅仅是女人的奋斗，而应该是全社会，男性和女性共同的奋斗。女人的敌人从来不是男人，而是那些不公平的思想与行为。要成就"平等的一代"（Generation Equality），需要一代又一代的人们接力奔跑。

亲爱的，你应该被听见，你应该被看见。不是你不够好，而是我们可以让这个世界变得更好。让我们一起，越过山岗，在我们这一代，实现性别平等。是的，我们已经等得够久了。

社交与孤独，哪个更恐怖?

人是社会性的动物。卢梭（Jean-Jacques Rousseau）在《论人类不平等的起源和基础》（*Discourse on the Origin and foundations on Inequality among mankind*）里，虚构了一个史前场景：自然人最初是独自生存的，饿了就吃，困了就睡，没有住所，没有战争，自由自在。自从一个人需要另一个人帮助的时候起，自从他觉察到一个人可以据有两个人的食粮的好处的时候起，平等就消失了。他认为，人从自然状态进入文明社会，有了"把一块土地围起来并说'这是我的……'"的想法，就是不平等的起源。

但是，如果人从一开始就是社会性动物呢? 我们作为个体的生物脆弱性从最初就决定了无法独立生存。就像猩猩、蚂蚁、蜜蜂一样，不得不以群体的形式存在。偶尔被迫"荒野求生"，或如鲁滨孙漂流到荒岛上孤立无援，激发出巨大的求生本能和本领，只是个案而已。人类的生存需要情感沟通，需要爱和归属，就像我们需要空气和水一样。

今天的我们生活在一个时刻互联又倍感孤独，高度重视隐私又没有隐私的奇怪时代。数据显示，超过 2 亿中国成年人处于"独居"状态。不仅很多工作可以独自在家完成，而且也可以有各种生活服务送上门来。疫情影响下的世界，人们更是足不出户，饿了叫外卖，网上购物，线上开会，寂寞了打打电子游戏，看看视频网站上的影视剧，朋友圈里聊聊天，"全社交"井喷，深夜聊天猛增 60% 以上。外面的世界充满风险，能不出门就不出门吧。即使没有疫情，有调查报告说，今天的年轻人也认为与人交往是一件很麻烦的事，甚至对此心怀恐惧。有了人工智能的虚拟偶像，连谈恋爱这样的事，也可以在家里完成，日本就有年轻男子与虚拟偶像结婚的新闻出现。一方面是情感饥渴，一方面是社交恐惧，我们就是这样生活在矛盾中。

"人的烦恼皆源于人际关系。"这是阿德勒心理学的一个基本概念。而人际关系矛盾往往起因于对别人的思想或行为的干涉。这么多年轻人选择独居，或许是与人际交往的不良经验，特别是家庭成员之间的关系压力有关的。一旦有机会，他们就要逃离这些不愉快的经历和压力。他们受教育程度高，独立性强，在婚恋问题上坚持宁缺毋滥。独处，正在变成社会的一种新常态。

法国哲学家列维纳斯说，个体与个体之间之所以能产生同情心、怜悯心，是因为形成了"我与你"的关系，而非"我和他"，而后者是对立的主客体的关系。"他"是没有灵魂和生命的，而"你"和"我"是具备同样情感的。虚拟世界里的交往容易把人标签化、符号化，很难真正产生共情和同情，而产生社会冷漠的现象。这恐怕解释了疫情期间网络语言的冲突和暴力大幅增加的事实。成都疫情出现反复期间，一位 20 岁女生的行踪流调出现在网络上，个人身份证号码、家庭住址、个人手机号等隐私信息被曝光，特别是关于她一晚去了三家酒吧的行踪，遭遇了网络的大规模谩骂与诽谤，让她几近崩溃。医学研究发现，情感饥渴产生"社交疼痛"，在群体中被欺负、嘲笑、排斥，会降低一个人的自尊心，还会激活大脑中一个叫作"前扣带皮层"的部分，而这个部分与慢性疼痛有关。

社交网络的兴起，对人际关系和沟通方式都带来了巨大影响，对我们处理关系的技能提出了新的要求。

先来说说我们情感模式的底层逻辑：与原生家庭的关系。健康的人际关系需要建立在安全感上，而安全感首先来自我们与原生家庭的关系。发现这种联系的人是英国心理学家约翰·鲍比。他于 20 世纪 60 年代提出了"依恋理论"的四种模式。第一类是"安全依恋型"，是孩子知道自己的需要能够被看见，不会有遭遗弃的恐惧，从而放心去探索周围的环境。这样的人成年后对于爱与被爱的关系比较自信。第二类是"反抗依恋型"，比如父母总是以批评和责备的方式面对孩子，让他们怀疑自己不值得被爱，或者总感到因为自己不够好才会让别人不快乐。第三类是"逃避依恋型"，通常是因为照顾者冷漠、疏远而让孩子对于人际关系产生退缩情绪，即使有了亲密关系也很难付出真心。以一句"行了行了，算我错了还不行？"应付了事。还有一类是"混乱依恋型"，这样的孩子经历过惊吓或虐待，成年后很难与人建立起长期稳定的关系，甚至有暴力倾向或自残的行为，用来控制对方。

　　了解了安全感的来源，就需要诚实直面自己的成长经历，还要确定关系的边界。2021 年 4 月初，电影《我的姐姐》上映，被认为是在反抗中国传统重男轻女的思想。电影中张子枫饰演的姐姐渴望有自己的人生，但在成长道路上一直是由父母在替她做主：学什么专业、在哪里工作。父母意外去世后，照顾未成年的弟弟的"责任"降落在她身上时，她开始反抗。所有的委屈都化作一份倔强："我也有我的人生！"爱与亲情，付出与责任，都必须建立在自由而完整的个体之上啊！边界帮助我们知道自己和对方的需求、权利和责任，知道哪些在自己的掌控中，哪些掌控要交给对方。我们越清楚预见关系中双方的想法和行为，感受的压力就会越小，关系也就进一步加深。反之，我们就会出现各种负面情绪，比如失落、紧张、悲伤、愤怒，甚至抑郁。

在心理学家乔治·戴德看来，我们生活中 90% 的人际关系问题，都与边界不清有关。"我们总是将外部的问题、人和事物'内部化'，让他们成为我自己的一部分，甚至给予他们某种权力来影响自己的生活。"所以，他认为一段良性的关系首先要尊重彼此的边界，学会"让你的事归你，我的事归我"。但在日常生活中，我们常常"越界"，可能是给对方贴标签、评判对方，也可能是通过"期待"的方式给对方"应该"怎样的预设，来控制对方。而当对方不认同你的标签，不打算按你的期待去行事的时候，矛盾就产生了。亲情和友情都是如此。从陌生人的交往，到十几年、几十年的老朋友，从情侣到子女，在不同的人生阶段，我们之间的边界都会发生变化，而我们常常自以为的"我的用心是好的""都是为你好"就无视这些边界的存在。比如妻子怀疑丈夫有了外遇，就偷偷地跟踪他，或者窥视他的手机信息，以期找到自己疑心的"证据"。无论是否找到这样的证据，都是对关系的一种破坏，因为行为本身已经突破了隐私的边界。

如果真的出现了关系的紧张，那么你需要决定是否与对方一起面对问题。这时，沟通就至关重要了。当争辩不断升级为争吵，是否依然有边界可循呢？答案是肯定的。比如不把自己的情绪的责任都推给对方，说什么"就是因为你，我才这么痛苦"之类的话。你可以描述情绪本身："最近很痛苦，睡不着觉……

你觉得我该怎么办？"沟通的本质是换位思考、交换需求。只有承担了对自己的情绪的责任，并且尊重对方的边界，才有可能进一步打开两人共同的空间。或者说，共情是所有关系的基础。《共情的力量》(The Power of Empathy) 的作者，心理学家亚瑟·乔拉米卡利 (Arthur Ciaramicoli)，把同情比作水和油的混合，把共情比作水和牛奶的混合，后者能让关系的双方或者多方都处于同一体验中，这让单向的情绪变成了双向的情绪。它不是为了推进自己的利益或者证明某一个观点，而是接纳自己与对方作为个体的复杂和矛盾，坦诚地说出自己的想法和感受，主动承担分歧的部分责任，并重申双方共同的价值观，希望找到共赢的解决方案。

争吵也有学问。即使被认为是理想婚姻典范的钱锺书和杨绛，也有争执到面红耳赤的时候。杨绛在《我们仨》中记录了一件往事："我和锺书在出国的轮船上曾吵过一架。原因只为一个法文'bon'的读音。我说他的口音带乡音。他不服，说了许多伤感情的话，我也尽力伤他。然后我请同船一位能说英语的法国夫人公断，她说我对，他错。我虽然赢了，却觉得无趣，很不开心。锺书输了，当然也不开心。"具有讽刺意味的是，那个与我们相处时间最多、最了解我们的人恰恰是最能惹恼我们的人。

心理学家张怡筠博士是我多年的好朋友，"幸福力"一词就是我们一起头脑风暴后，在《天下女人》电视节目中第一次提出来的。她也多次在"天下女人论坛"和"天下女人研习社"中演讲和授课。在她主讲的"幸福婚姻成长营"里，她列举了女性在亲密关系中的诸多困惑："为什么以前和老公有说不完的话，现在却无话可说？""结婚这么久，为什么他还不懂我的心？""为什么别人的婚姻幸福如初，我和老公却遇事就暴雷？"等等。真正激怒她们的是丈夫的无动于衷，和自己不得不继续"恳求"关注所带来的恼恨。有一次，一位学员告诉她自己马上就要结婚的消息，并且说自己和男友"从没红过脸"，张怡筠善意地调侃说："从没吵过架，你就敢结婚？胆子也太大了吧！"她的意思是，如果关系中的双方没有发生过分歧和冲突，首先就不太可能，同时也没有机会来磨合双方的表达方式、理解方式和解决问题的方式，那将来在婚姻关系中一定会出大问题。她认为，冲突的化解和应对，要"先处理心情，再处理事情"，改变不良沟通模式，更要把危机变成幸福的契机，化被动为主动，收获成长性的亲密关系。即使有一天一段关系真的结束，也要好离好散。分手也是一门学问呢！

行为心理学家路斯·哈里斯（Russ Harris）撰写的《爱的陷阱：如何让亲密关系重获新生》（*ACT with Love: Stop Struggling, Reconcile Differences, and Strengthen Your Relationship With Acceptance and Commitment Therapy*）中，提出了"接纳承诺疗法"

(Acceptance and Commitment Therapy)，简称 ACT，帮助亲密关系当中的伴侣发展"心理灵活性"，就是活在当下，保持开放的态度。他告诉我们，爱有四个陷阱：1. 存在完美伴侣；2. 有你，我才完整；3. 相爱相伴是容易的；4. 爱是永恒不变的。这样的假设往往经不起日子的推敲，进而激化成为争吵、回避、相互伤害和分离。他提出，我们需要重新思考爱的本质，那就是：不要把爱定义为一种感受，而把爱看作一种行为。

2020 年《人格与社会心理学》(*Journal of Personality and Social Psychology*) 杂志刊登了一篇文章叫作《与谁在一起，我们会更幸福?》，通过对上千人的调查，提出了这样一种结论：当我们和朋友在一起的时候，比与家人在一起的幸福感更高。原因是，我们在与朋友和家人相处时其实有两副面孔。因为对朋友的期望比较少，冲突的机会也会较少；而且与朋友在一起时，谈论的内容和一起做的事往往更轻松，没有琐事带来的消极体验。但是话又说回来，与朋友在一起的体验虽然更轻松愉快，但对我们人生的整体幸福感却远远不如与伴侣和孩子在一起的体验那么深刻。真正打败婚姻的往往是生活中那些不起眼的细节，是生活中的柴米油盐、一地鸡毛。于是研究者建议，我们与家人互动的时间和内容需要重新设计，以期创造更多积极互动的机会，比如夫妻两人一起去看电影、吃个饭，跟孩子一起做户外活动，并且留下美好的照片，等等。如果两人关系已经紧张，哈里斯建议，试着放下一个一直困扰你的、关于伴侣的糟糕的故事，开放胸襟去连接身边的世界，认识到那些负面的情绪只是生活中的一小部分而已；并且用行动表达你对伴侣的爱，哪怕只是一个拥抱、一句赞美。要全情投入。当你面对伴侣时，把他作为关注的焦点并倾听他要表达的思想和情绪，达成更深度的联结。

每一段关系都有自己的生命周期，只有保持它的成长性，并且让关系中的双方或多方在保有自己的独立性的同时，创造共有体验，才是一段良性发展的关系。在"天下女人研究院"的创业班上，有一位女企业家的分享很让我动容。她与丈夫共同创业十余年，公司经营得不错，但她常常感到失落，觉得自己是个透明人。如果自己另起炉灶，又怕丈夫误会。在学习了提升亲密关系的课程之后，她用共情的技巧与丈夫推心置腹地谈了自己的想法，夫妻二人回首共同创业的种种不易，相拥而泣。而她的丈夫也完全理解她创立个人品牌的想法，说："如今孩子也长大了，你应该做自己想做的事，你如果开心，我们一家也会更开心。"

2021 年春节，喜剧演员贾玲编剧并导演的电影《你好，李焕英》获得了超过 50 亿的票房收入，令她自己也大呼意外。这部笑中带泪的电影故事并不复杂，母爱的主题能够与绝大多数人产生共鸣。但这部影片的过人之处并不是一味描述对母亲的爱与思念，而更是两代人的心灵沟通和理解，一个女人对另一个女人跨越时空的看见和懂得。贾玲想要改变母亲李焕英的婚姻选择和人生选择，因为她从小觉得自己是不让妈妈满意的，"如果我妈当年不生我，会比现在过得幸福吧"。而这种心理的阴影由于母亲的意外去世而让母女失去了和解的机会。通过穿越，贾玲理解了母亲的选择，了解了母亲对自己的疼爱，更重要的是明白了"她不仅仅是我的妈妈，她还是她自己"。这是一种超越了母女关系的人与人之间深刻的共情，是许多人一生都不曾与父母拥有的一种关系。

对人类这种高度社会化的动物来说，爱和联结不是奢侈品，而是必需品。孤独并不可怕，也不可耻，而是很多人在人生的不同阶段都会遇到的处境。我们要做的，是识别这种情绪并且用适当的方式面对。在《走出孤独》(*The Loneliness Cure: Six Strategies For Finding Real in Connections in Your Life*) 一书中，人际关系沟通专家科里·弗洛伊德 (Kory Floyd) 举了一位澳大利亚青年胡安·曼的故事。22 岁时，胡安经历了父母离婚、祖母生病、与未婚妻分手等一系列事件。一天晚上，他被邀请参加一个聚会，却心不在焉。这时，大概是注意到他孤独、落寞的神情，一个陌生人走过来，给了他一个拥抱。胡安被震动了，也被感动了。他深知一份真诚的情感联结对孤独中的人有多么重要。于是他走上街头，站在人群中间，身上挂着一个牌子"自由拥抱"（Free Hugs），结果有不少人停下脚步，与他短暂拥抱。一份理解和爱的能量被传递给更多的人。

诗人里尔克说："爱一个人，是所有事情中最难的；爱是终极的考验和证明，我们所做的一切都是在为爱做准备。"

爱的关系，不是控制与反控制的博弈，不是你错我对的执念，而是一种深刻的共识：在这段关系里，你可以成为更好的你，我可以成为更好的我，我们共同成为更好的我们。

纵使心生悲伤，我们仍在成长

"怎么这么快就这么晚了?!"永远有没干完的工作，时间永远不够用。身后好像有谁一直在催促："来不及了，来不及了。"可是一回头，并没有人。催促的人是自己。

这样的节奏，已经持续了多少年了?是因为太忙了，所以糊涂?还是因为糊涂，所以太忙?

我羡慕那些看上去悠闲的人，不慌不忙的，从容。

演员咏梅说话总是不紧不慢的。她说曾经有一段时间来找她的戏太多了，她发觉自己心浮气躁起来，就主动拒绝了那些自己不是太中意的邀约，即使人家给大价钱。就这样，她找到自己的节奏。我听了，很羡慕她，你看，她说话也是慢条斯理、音量不高，因为不需要。

我觉得真正聪明的人是能慢下来的人，而我，却一直忙忙碌碌的。儿女小的时候，我疲于奔命工作和家庭之间，最头疼的是学校的家长会特别多，而且老师总是提前一周才发通知，而我的日程是提前一两个月就订满的，于是每次事到临头才急急忙忙地改行程，或者满怀愧疚地向儿女道歉。有一次跟我女儿发生争论，她突然哭着说："你都没有参加我的初中毕业典礼！"我一时愣在那里，怎么也想不起来，当时到底去忙什么了。哦，是去洛桑做申冬奥陈述了。

不得已，但总是错过了什么。

2020年因为疫情不能出门的时候，倒成了全家人相伴最久的日子。我天天下厨房做饭，几个月做的饭比过去20年加起来都要多。我生日那天早晨，儿子、女儿把一只他们亲手烘焙的胡萝卜蛋糕端到我面前，那是他们前一晚做到凌晨3点才完成的。蛋糕的模样很不错，味道真好，我开心得哭了。同一年，我和老公庆祝银婚纪念日，翻出老照片，不禁感慨曾经那么年轻，当年一开口就是永远，一抬脚就奔天涯。看过繁花似锦，也见过人事沉浮。有过惊心动魄，更渴望平淡如茶。"你真的爱我吗？"我问。"爱。"他回答。"爱什么呢？""……"他从来答不上来这个问题。万一他和儿女们所爱的，就是这个笨笨的、愿意付出所有的爱成就他们，也不放弃努力成就自己的大女生呢？心中暗喜。

记者采访职业女性有一定的套路："你是如何平衡事业与家庭的？"然后是："这些年对家人有哪些歉疚？"第三问是灵魂

拷问:"这一切,值得吗?"职业女性已经够不容易了,还要让她们背负精神的十字架?今天的我会理直气壮地回答:"我尽力了。""有歉疚也有骄傲。""值得,绝对值得。"

2021年芒果TV《乘风破浪的姐姐》第二季节目中,吉克隽逸、周笔畅和胡静表演了一曲《不屑完美》。她们在舞蹈中设计一只脚穿鞋,另一只脚不穿鞋,暗合歌曲的主题。"指指点点这个那个,鸡蛋骨头这个那个。我不屑完美。"按别人的标准追求完美,太委屈自己;为自己的标准追求完美,太有挫败感。所以,我决定接受不完美的自己,这样就不必紧张兮兮、小心翼翼地活着而失去生活原本就该有的乐趣。把对所谓完美生活的渴求转为自由灵魂的释放,两个孩子上大学之后,我的家庭责任大大减轻,仿佛迎来了"人生第二春",可以更加"放肆"地投入到热爱的工作中去。甚至,在疫情肆虐的2020年,我的工作量比2019年翻了一倍!

当然,我知道这样的任性是不可持续的,过度疲劳不仅影响创造力,也给身心带来过多压力。我们必须倾听自己的身体。赫芬顿的经历就是一面镜子。《赫芬顿邮报》(*The Huffington Post*) 的创始人阿里安娜·赫芬顿 (Arianna Huffington) 与我在达沃斯世界经济论坛上一见如故。那时她已经把工作重心从传媒领域转到健康领域,倡导人们关注身心的平衡,提升睡眠的质量,拥有幸福感。她在《成功的第三种维度:创造拥有智慧、健康、好奇心的人生》(*Thrive: The Third Metric to Redefining Success and Creating a Life of Well-Being, Wisdom, and Wonder*) 一书中讲到促使这一转变的契机："2007 年 4 月 6 日早晨，我躺在地板上，躺在鲜血当中。我下楼的时候头撞到了桌角，眼睛被划伤，颧骨骨折。而原因是：我太累了，睡眠严重不足。"这让她问自己："这就是我一直追求的成功吗? 每天工作 18 个小时，一周七天无休，经营企业、扩大覆盖、吸引投资，一边回邮件，一边跟孩子说话……"她发现，自己的生活已经失控了。她需要按下暂停键。

我们都希望"过上好生活"。问题是，所谓的好生活，指的是什么? 名与利，是合理的定义，但还缺少什么呢? 阿里安娜意识到，就像一个板凳需要三条腿，这第三条腿，就是健康，身心的健康。压力、超时工作、缺乏睡眠、焦虑、注意力分散，已经成为当代职场的标配，现代人的关注几乎都在自身之外：工作、收入、职务、房子、服饰……恰恰忽略了这一切的根本：我们自己。是时候深吸一口气，回归自己的内心，回归完整的、智慧的、和谐的、有力量的自我。在完成各种工作和责任之前，先呵护一下自己，让这个发动机良性运转。这不是自私。就像飞机上的安全通告里总是提醒你，先自己戴上氧气罩，再照顾其他人一样，是合理的选择。

孤独，是损害健康和精神的危险因素。爱护自己除了照顾

FULL CATASTROPHE LIVING

Using the Wisdom of
Your Body and Mind to Face
Stress, Pain, and Illness

JON KABAT-ZINN

PREFACE BY THICH NHAT HANH

《多舛的生命：正念疗愈帮你抚平压力、疼痛和创伤》

Full Catastrophe Living: Using the Wisdom of Your Body and Mind to Face Stress- Pain- and Illness

好自己的身体，还要照顾好自己的情绪。这方面我有一个建议，就是为自己的生命找到联结支撑的网络。这网络既可以是人脉关系，也可以是精神层面的。这有点像电影《阿凡达》（*Avatar*）中原住民与大自然的浑然一体。他们席地而坐、彼此携手，发辫与大地相连，与树木花草、飞禽走兽心意相通。他们的精神在这心心相印中变得强壮。

我去采访物理学家杨振宁的时候，他告诉我最喜欢英国诗人威廉·布莱克的诗："一沙一世界，一花一天堂。掌中握无限，刹那即永恒。"这首诗不仅道出科学的真义和哲学的境界，也启迪我们每个微小的个体生命与更大世界的联结。当有人问爱因斯坦是否笃信上帝时，爱因斯坦回答："我相信斯宾诺莎的上帝。"即一个通过存在事物的和谐有序体现自己的神，而不是一个关心人类命运和行为的神。《道德经》里说："天地不仁，以万物为刍狗。"天地不会感情用事，对万物一视同仁，滋养万物，亦不求回报。中国古人在天地间寻一个"道"，这与斯宾诺莎们在宇宙中找一位"神"，有异曲同工之妙。我们短暂的生活何其短促渺小，又怎么去领悟永恒美妙呢？倒是苏东坡转换了一下思维角度。他在《前赤壁赋》中写道："哀吾生之须臾，羡长江之无穷……盖将自其变者而观之，则天地曾不能以一瞬；自其不变者而观之，则物与我皆无尽也，而又何羡乎！……惟江上之清风，与山间之明月，耳得之而为声，目遇之而成色，取之无禁，用之不竭，是造物者之无尽藏也，而吾与子之所共适。"何等开阔之胸怀！

苏东坡是一位善于在自然中释放情绪，寻找慰藉的人。被贬黄州时还有心欣赏海棠："东风袅袅泛崇光，香雾空蒙月转廊。只恐夜深花睡去，故烧高烛照红妆。"天地无情，岁月不待，人的一生如果情感有所投注和联结，就是件幸运的事。如王安石诗中所写的"但令心有赏，岁月任渠催"，就在那心有所感的一刹那，触摸到永恒。我想，这也许就是学通中西的杨振宁为什么欣赏威廉·布莱克的诗吧。

2018 年，我邀请心理学家、正念大师乔恩·卡巴 - 金先生到"天下女人国际论坛"做演讲。他从 1979 年开始"正念"（Mindfulness）研究和辅导，并应用到减压和解压中。他说，人的发展有两种，一种是向外的发展，一种是向内的发展。他崇尚中国人的古老智慧，引用老子的话："孰能浊以止，静之徐清？孰能安以久，动之徐生？"正念是锻炼我们的专注力的练习。在烦躁、繁忙、焦虑的今天，学习培养安静的内在力量。"不用去其他地方，不去获取什么，也不必做什么。"这种神奇的力量就是从关注呼吸开始的。你可以舒服地坐在一把椅子上，甚至就在上班的地铁里，感觉自己的完整，关注当下，关注自己的呼吸，不做什么评判，仅仅是这么一个简单的冥想的练习，让现代人感知"无为"的减压和治愈力量。根据大量的研究显示，只需每天 10 分钟，经过 8 周的练习，我们的头脑就会产生积极、甚至是长期的改变：包括记忆力增强，减少焦虑愤怒，甚至减缓衰老等。中文中的"怒"字显示出巨大的智慧，"心"之"奴隶"为"怒"。所以，在竞争激烈、压力山大的现代文明中，学习如何不成为情绪的奴隶，恢复内心的自在与自由，就是特别值得练习的一件事。

无独有偶，我在读王阳明的传记时，发现他也有静坐的习惯。在人生的困顿、纷扰中，在大兵压境的变故和压力下，他都会静坐一会儿，"求其放心"，就是把逃逸的注意力收回来。王阳明在五百年前就已经找到了一种安顿内心、提升智慧的方法论，达到收放自如、动静皆宜的境界。这不正是当代人在不可控的环境中，面对巨大不确定性时，安身立命的重要能力吗？

聆听自己的身体，关注每一次呼吸，觉察与大自然的联结，让我们活在当下。这正是"正念"的体会。心理学用"Flow"，即心流或福流表达这种充沛的满足和平静。不加评判、不做妄想、完全接纳、安心放下。古老的东方智慧与当代心理学、神经科学的研究成果，在这里交汇于一处，生发出抚慰、疗愈的力量。麻省理工学院的学者曾做过一个实验，测试人体内的能量级别。你可能以为在愤怒咆哮时人的能量最大吧？结果恰恰相反，平和喜悦的人，澄明开悟的人，能量级别才是最高的。

拥抱当下，觉知自我，与周遭的境遇达成妥协，"无为"本身就是一种强劲有力的行为。

仅仅联结，也许还不够。

主动的创造，让我们彻底从时间的胁迫中，从陀螺似的被动旋转中解脱出来，重新找回掌控的力量。

2018年，我制作《匠心传奇》时，采访了时装设计师马可。她创立了服装品牌"无用"，采用的是那些被现代工业边缘化的传统纺布、染布和制衣工艺。她说，那些被认为"无用"之物拥有精神层面的价值。在她的无用生活空间里被当作宝贝的是古老的织布机、旧船板和老磨盘。在现代繁荣的物质背后，是信念的崩塌、环境的污染和心灵的枯萎，而她想唤醒我们对土地的记忆，触摸自然的肌理，感受我们生命的本色。她创作的不仅仅是服装，更是表达对现实的反思和对人心的观照，这正是超越"匠"的"意境"所在。我请她为在民生现代美术馆的匠心传奇大展创作一件作品，她想出一个绝妙的创意：把蚕宝宝放在立体的服装模板上自由吐丝，全程无人工缝制，取名"天衣无缝"。这人与自然联袂完成的作品，是对造物主的敬意，也是对人类心灵的赞美。我不由赞叹：无用之用，方为大用！

工业文明对人的异化久矣，破碎的心灵需要挣脱出来，重归完整。

我们生活在科技日新月异的时代，一切都在变得更为便利。

问题是：科技是在让我们的感知更加深刻，还是更加肤浅呢？答案可能是：二者都有。它可以让你终日在碎片化的信息中游荡，专注不超过 2 分钟；也可以让你追根溯源，迅速深入某个主题，丰富你的认知和感受。在我制作《探寻人工智能》纪录片时，我既亲眼看到 AI 帮助盲人恢复部分视觉能力，让他不仅能独立出行，还十几年来"第一次看清女儿灿烂的笑容"；也真切感受到人们对"机器人统治世界"的惶恐不安。科技是双刃剑，它是"非善非恶"的。关键在于人类打算用它来做什么。选择权还是在人的手中。

你对生活的掌控，就从觉知自己是有选择权开始的！1845 年 7 月，亨利·梭罗带着一把斧头，走进瓦尔登湖边的树林，开始自给自足的独居生活。他远离工业文明，探寻生命的意义。他记录的点点滴滴，让人正视社会中的困境和提升自我精神的渴望。他的住所极其简朴："我家里有三把椅子，一张给孤独，一张给朋友，一张给邻居。"他的生活变得简单，宇宙的法则也变得简单起来。"当你过于注意细节的时候，却在一点一滴地浪费你的人生。倘若真心地做事，约莫用你的双手就够了。如果还嫌不够，不妨再加上你的双足。一切都要简化、简化、再简化。"梭罗享受着每一次日出和每一个夜晚，感受着孤独与富足："生命并没有价值，除非你选择并赋予它价值。没有哪个地方幸福，除非你为自己带来幸福。""从今以后，别再过你应该过的人生，去过你想过的人生吧。"

在《多舛的生命：正念疗愈帮你抚平压力、疼痛和创伤》（*Full Catastrophe Living: Using the Wisdom of Your Body and Mind to Face Stress- Pain- and Illness*）一书中，乔恩·卡巴 - 金（Jon Kabat-Zinn）写道："我们经历的压力对健康的最终影响，很大程度上取决于我们如何感知变化本身，以及我们如何适应持续的变化，以保持内部平衡和统合感。这反过来又取决于我们赋予事件的意义，基于我们对生活和对自己的信念，特别取决于特定事件被触发时，对惯常无意识和自动反应有多少觉知。"

伤痛、失去、离别是我们每个人一生中不断经历的遭遇。伤病、情感破裂、分手、分离，乃至死亡，重重地敲击着我们。建筑大师安藤忠雄曾经说过："人在一无所有的时候，往往面临着能够变大、变强的最好机会，只是很少有人有效地利用罢了。"教育学家布鲁斯·费希尔博士（Bruce Fisher）和心理学家罗伯特·艾伯蒂（Robert Alberti）在《分手后，成为更好的自己》（*Rebuilding: When Your Relationship Ends*）一书中，把人们在这些负面经历后重建生活比喻为攀登高山，并且把这个过程分为 3 个阶段，5 个台阶，19 个步骤，启发我们从否认和恐惧中逐渐适应环境、释放、过渡，从而恢复爱和自由的能力。其中最重要的是保护自我价值感。

人类实际上是无比坚韧的生物。我们面对过无数的灾难和悲伤，擅长学习、擅长解决问题，还知道如何彼此沟通，发挥集体的智慧。我们爱、被爱，甚至有自我牺牲的勇气，成就族群和下一代的未来。我们有意识地面对挑战，直觉地感受环境的善意和危险，有超强的适应能力……但是我们又生活在前所未有的循环的压力中：环境恶化的压力、人口密度的压力、竞争的压力、经济的压力、时间的压力……卡巴 - 金认为，因为我们不能清晰地看待面临的问题，不能有效地表达情绪和沟通，缺乏创造性地解决问题的方法，使得我们关闭了体验内心宁静的能力，习惯用非健康的方式做出反应，对陷入的恶性循环没有觉察，最终增加了痛苦和患病的风险。我们需要知道自己的核心可以是稳定和有韧性的。可以选择安静下来，带着自身的开放和善意，关注当下，面对并接受痛苦，并与世界取得一种新的平衡。

有空的时候，我会翻开丰子恺先生的散文集《万般滋味，都是生活》。他的文字和绘画中，永远都有一股孩童的天真。他笔下的"大白鹅"，在抗战最艰苦的岁月里依然保持从容不迫、昂首挺胸的姿态，逃难中的孩子们还用烟盒和火柴搭出轮船的模样；一盒几经摧残的水仙花在灶间的烟熏火燎中竟然愈开愈盛……人有了发现、感知，表达美的眼光和方法，便可以像他那样"不念过往，不惧将来，不乱于情，不困于心。如此，甚好"。

我曾经采访过的哈佛大学幸福课的主讲人沙哈尔教授说："对于什么是幸福，人们各执一词；但对于如何变得更有幸福感，人们的关注点就相当集中。如果你每天写下感恩或快乐的三五件小事，不出三个月，你的情绪就会有积极的稳定的改变。"

压力是客观存在的，但我们对压力的态度是可以有选择的。焦虑和恐惧不是你，它们也无须主导你的生活。意识到这一点，正是选择的力量，给了我们在黑暗中引路的光亮。

2021 年 1 月 21 日，在美国总统拜登的就职仪式上，出现了一位 22 岁的非洲裔女诗人阿曼达·戈尔曼（Amanda Gorman），她是美国最年轻的桂冠诗人，受邀在庆典上朗诵自己的诗《我们攀登的山》（*The Hill We Climb*）。她所面对的，是被疫情和种族问题撕裂的国家。

> 在如此可怕的时刻，
> 我们却找到写下新篇章的力量
> 给自己带来希望和欢笑。
> ……
> 纵使我们心生悲伤，我们仍在成长；
> 纵使我们遭受磨难，我们依旧满怀希望；
> 纵使我们疲惫不堪，我们还是从不放弃。

没有谁可以许诺给我们幸福的人生，也不存在一成不变的完美的幸福。我们需要接受这一点，并努力按自己的想法去生活。

我发现，让生活改变的都是些小事：每天告诉老公我爱他；给年迈的父母一个拥抱；出门时喷上自己最中意的香水；与孩子视频通话，告诉他们我刚染了一缕蓝头发；喜欢去看艺术展览，关注科技发展，也尝试突破美术馆与剧院的边界，创造别具一格的沉浸式演出；如果有时间练上几笔大字，便是"偷得浮生半日闲"了。我慢慢地寻找属于自己的心理节奏，保持柔软和开放的心态，去享受忙碌，也去创造休闲。

苏轼说："江山风月，本无常主，闲者便是主人。"

心花怒放，不是我们苦苦追求的彼岸，而是我们正在体验和创造的当下。

后记

2020 年新冠肺炎疫情期间，我开始了《大女生》一书的构思和写作。上半年，疫情对文旅演艺和线下教育业务有很大冲击，我心里焦急，所以虽然有时间，但却缺少心情，写作时断时续。所幸中国疫情防控措施坚决有效，到了下半年，市场开始复苏。这时我有了心情却又没了时间，写作速度依然很慢。在果麦编辑和公司同事的软硬兼施下，我终于利用 2021 年春节等整段时间完成了全书的写作。心里一块石头才落了地。

这不是一本风花雪月的散文集，也不是纯讲人物故事的书，而是带有社会观察和思考的杂文集，汇集了我个人成长的经历、多年来对各界女性的采访，在女性研究方面的阅读积累，以及创办天下女人研究院和研习社过程中的所闻所见，所思所想。

我要感谢许多人给予我的鼓励和指导。中华女子学院的刘利群校长向我推荐了女性研究方面的经典著作清单，让我有了体系化的知识储备。天下女人研习社总编吴佩霜女士和编辑李若杨女士，屡次与我头脑风暴，探讨话题设置，并完成参考书的金句提炼。因为我选择了传统的手工书写方式，所以全靠我的助理陈丁可女士帮助我完成文稿的输入和整理工作。还有王楚婷女士等同事曾帮助我查找资料，给予我有力支持。特别感谢果麦的编辑俊然女士、设计师禹霖女士和负责市场推广的班欢女士、李佳女士。

回头一看，这个全部由女性组成的团队，她们是真正的大女生。她们的热情与才情，敬业与专业，推动我完成了这本书。由衷地感谢她们！

给大女生的书单

《为女权辩护：关于政治及道德问题的批判》，玛丽·沃斯通克拉夫特

我一向认为自立是人生中所能拥有的最大福祉，是一切美德的基础；即使我生活在一片贫瘠的不毛之地，哪怕我的其他欲望都不能满足，我也要坚决捍卫我的独立。

《女性的奥秘》，贝蒂·弗里丹

我们再也无法忽视女性发出的声音："除了我的丈夫、孩子以及家庭以外，我还想要更多别的东西。"

《第二性》，西蒙娜·德·波伏瓦

女人不是天生的，而是后天形成的。

《一间自己的房间》，弗吉尼亚·伍尔夫

想要写小说或诗歌，你每年必须有五百英镑的收入，以及一间带锁的房间。……五百英镑的年收入代表了沉思的力量，门上的锁意味着独立思考的能力。……心智自由仰仗于物质基础。诗歌仰仗于心智自由。

《好女孩上天堂，"坏"女孩走四方》，乌特·埃尔哈特

女人需要有赢家的气质，她们应当敢于在荆棘中成长，在阻力中磨砺自己的锋芒，锻炼自己的能力。这样她们就能赢得机会。坚韧不拔的毅力，不达目的不罢休的勇气，这才是女性应有的品质。

《走到人生边上——自问自答》，杨绛

八段锦早课，感受舒筋活络的愉悦；翻阅报刊看电视，得到新见闻；体会练字抄诗的些微进步，旧书重读的心得，特别是对思想的修炼。要求自己待人更宽容些，对人更了解些，相处更和洽些，这方面总有新体会。因此，我的每一天都是特殊的，都有新鲜感受和感觉。

《另一种选择》，谢丽尔·桑德伯格、亚当·格兰特

　　知道自己为什么而活的人，能够承受任何一种生活。

《天长地久：给美君的信》，龙应台

　　我们这一代女性的独立自主，从来就不是自己一代的成就。美君那一代沉默的、柔弱的女人——屏东市场蹲着卖茼蒿菜的、台北桥下捧着玉兰花兜售的、香港茶楼里推车叫卖点心的、北京胡同里揉着面做大饼的，每一个忍让的、委屈的女人，心里都藏着一个不说出的梦：让女儿走自己的路。

《我喜欢生命本来的样子》，周国平

　　人生中有真信念，事业上有真兴趣，这二者证明了你有一个真自我。

《无惧衰老》，卡梅隆·迪亚茨、桑德拉·巴克

　　真正的美丽会随着我们走向衰老而增值，而非贬值。它会走向兴盛，而非趋于凋谢。随着年龄的增长，我对真正的"美"形成了一种更加细致入微的理解。美并不是与生俱来的，而是慢慢形成的。

《你的身体，是一切美好的开始》，卡梅隆•迪亚茨、桑德拉•巴克

今天、明天，直到20年后，营养都是一个值得你花时间去关注的问题，因为营养就是健康，而健康就是一切。

《我坚信》，奥普拉•温弗瑞

我坚信，弥合过往的创伤是人生最艰巨也是最值得的挑战。知道你是何时及怎样被塑造成现在的你，然后你才能改变那些影响。这么做是你自己的职责所在，不关他人的事。一条无可争议的宇宙法则是：我们为自己的人生负责。

《我不要你死于一事无成：给女儿的17封告别信》，法齐娅•库菲

要以星星为目标，那样的话，即使掉下来，你还能落到树梢上。

《最熟悉的陌生人：自我认知和潜能发现之旅》，提摩西•威尔逊

我们都是自己的陌生人，我们以自己的行为来塑造自己的态度，从对自己的行为的观察中认识自己。

《自控力》，凯利·麦格尼格尔

　　自控力最强的人不是从与自我的较量中获得自控，而是学会了如何接受相互冲突的自我，并将这些自我融为一体。

《自卑与超越》，阿尔弗雷德·阿德勒

　　我们每个人都有不同程度的自卑感，因为我们都想让自己更优秀，让自己过更好的生活。

《平凡的世界》，路遥

　　生活不能等待别人来安排，要自己去争取和奋斗；而不论其结果是喜是悲，但可以慰藉的是，你总不枉在这世界上活了一场。有了这样的认识，你就会珍重生活，而不会玩世不恭；同时，也会给人自身注入一种强大的内在力量。

《格调：社会等级与生活品味》，保罗·福塞尔

　　品味、知识和感知力比金钱更能决定人的社会等级。

《非暴力沟通》，马歇尔·卢森堡

　　为了幸福，必须把"别人怎么看我"这个问题放在一边。

《正念：此刻是一枝花》，乔·卡巴-金

相信自己心中蕴藏着最难发现的力量：活在当下，保持清醒。

《高难度沟通》，贾森·杰伊

没有特定的说辞或话题能保证谈话向前推进。打破僵局不是要"找到正确的话来说"，而是要做出实质的、根本的转变——重塑我们自身。

《趣味生活简史》，比尔·布莱森

居家生活的历史就是一部慢慢地变得舒服的历史。

《日本的八个审美意识》，黑川雅之

日本有一句成语叫"一期一会"，阐述的是：现在能够与这个人交流的瞬间，不会再重来。所以，要更加珍惜眼前的这个时间，这个人和这个地方。……这个理念的精髓是：眼前，这个瞬间，与这个人的关系，就是值得珍惜的一切。

《共情的力量》，亚瑟·乔拉米卡利、凯瑟琳·柯茜

同情是为了安慰他人，而共情则是理解他人。

《真正厉害的人，都能掌控自己的情绪》，卡鲁恩·霍尔

对于情绪化反应的人，一个减少事态混乱的重要步骤就是，在情绪冲动的那一刻延迟行动。

《像 TED 一样演讲》，卡迈恩·加洛

人只有先感染自己，才能感染别人。

《沟通的艺术》，罗纳德·B.阿德勒、拉塞尔·F.普罗科特

沟通的重要性绝不止于维持生存而已，它也是我们认识自己的方法——事实上，是唯一的方法。究竟我们是聪明还是迟钝，动人的还是丑陋的，精明的还是笨拙的，这些问题的答案并不会从镜子中照出来，而是由他人对我们的回应决定的。

《逆商》，保罗·史托兹

关于成功的定义应该是：不畏艰难险阻或其他逆境而努力前进和攀登，去履行一生的使命。

《学会提问：实践篇》，粟津恭一郎

优质提问具有强大的力量，能改变自己和周围人的人生轨迹，使它们朝着更好的方向发展。

《影响力》，罗伯特·B.西奥迪尼

学过日本柔道术的女性在抗击对手时，自己的力量用得很少，相反，她会尽可能地利用重力、杠杆作用、动量和惯性等物理原理中天然蕴含的力量。要是她知道怎样调动这些原理，从哪儿去调动，便能轻轻松松击败体格比自己壮硕的对手。倘若有人掌握了我们周边世界天然存在的自动影响力武器，事情也是一样。

《我是众中的一个：星云大师谈包容智慧》，星云大师

平常心不是用口说说，而是在日常生活中养成的。何谓平常心？当吃饭时，把饭吃饱；当处事时，把事做好；当讲话时，把话讲好；待人恰如其分，凡事有分寸、尽责任，随缘随分，就是平常心。

《身为职场女性：女性事业进阶与领导力提升》，萨莉·海格森、马歇尔·古德史密斯

一定要说出自己都做了什么，取得了怎样的成就，并且要表明自己工作的动机。如果你想升职，那你就说出来，一遍又一遍地说。要是你不说出来，某些高层领导会误以为你对公司没什么忠诚度。只顾努力工作并不会让你得到真正想要的东西。

《爱情社会学》，孙中兴

　　爱情是一种社会过程。这里面会出现很多竞争的问题、冲突的问题；或者顺应的问题、同化的问题；谁要谁听的，权力的问题；金钱的问题；性的问题；道义的问题。这些都是在社会过程里面产生出来的。一般的关系里面不会展现出那么多的面向，爱情是展现最完整的面向，人跟人之间，你最好的一面和最坏的一面，常常都会在爱情里面显现出来。

《学习型社会》，罗伯特·赫钦斯

　　人的本性表明，他们能够终生不断地学习。……我们知道，残忍和麻木可以发生在生命的任何阶段。因此，保持人性的方法就是继续学习。

《大地的窗口》，珍·古道尔

　　人生有许多供我们透视世界、寻找意义的窗口，科学即是其中一扇。有许多绝顶聪明、洞见犀利的科学家，前仆后继地擦亮了窗上的玻璃——透过这些窗户，我们对于人类过去未知的领域可看得更远、更清楚。

《小王子》，安托万·德·圣埃克苏佩里

看东西只有用心才能看得清楚。重要的东西用眼睛是看不见的。

《深度思考》，莫琳·希凯

坚持自己的立场的意义在于，你能做出贡献：贡献新的视角、新的愿景、新的充满启发的观点。当你的个人利益和业务受到威胁时，坚持自己立场是最重要的。

《人间值得》，中村恒子、奥田弘美

总之，只要活着，人生总会有办法的。能吃饱，能睡好，有一份维持最低限度生活的工作，一定没问题。即使有什么不顺心，也不要太在意。

《红蕖留梦：叶嘉莹谈诗忆往》，叶嘉莹 口述，张候萍 撰写

诗词的研读并不是我追求的目标，而是支持我走过忧患的一种力量。

《窗边的小豆豆》，黑柳彻子

无论什么样的身体，都是美丽的。

《百年孤独》，加西亚·马尔克斯

　　她辛苦多年忍受折磨好不容易赢得的孤独特权，绝不肯用来换取一个被虚假迷人的怜悯打扰的晚年。

《使女的故事》，玛格丽特·阿特伍德

　　宽恕本身也是一种权利。祈求宽恕是一种权利，给予或是不予宽恕更是一种权利，或许是最大的权利。

《女性的时刻》，梅琳达·盖茨

　　直到多年后，我们才真正意识到，避孕药具堪称史上最有助于拯救生命、终结贫困、造福女性的发明。

《三体》，刘慈欣

　　大部分人的爱情对象也只是存在于自己的想象之中，他们所爱的并不是现实中的她（他），而只是想象中的她（他），现实中的她（他）只是他们创造梦中情人的一个模板，他们迟早会发现梦中情人与模板之间的差异，如果适应这种差异他们就会走到一起，无法适应就分开，就这么简单。

《简·爱》，夏洛蒂·勃朗特

世人总认为，女人应当安安静静，但女人的感受跟男人的一样；女人和兄弟们一样，也需要发挥自己的才能，也需要有用武之地；如果受到太严厉的束缚，过着绝对一成不变的生活，女人也会和男人一样感到痛苦。

《看不见的女人：家庭事务社会学》，安·奥克利

女性在家庭中的实际工作被隐藏在她们作为人妻和人母的性别假定面纱之后，也正是这些假设引发了"职业母亲"这一奇特的文化现象——这个术语的外延是指那些在家庭劳动以外工作而获得报酬的母亲，就仿佛女性在家庭中的无薪劳动根本不算工作一样。

《82年生的金智英》，赵南柱

丈夫看金智英因为照顾小孩和做家务疲惫不堪，所以真心地说出自己会帮她，然而金智英的无名火一下子就冲上来了："能不能不要再说'帮'我了？帮我做家务，帮我带小孩，帮我找工作，这难道不是你的家、你的事、你的孩子吗？"

《我心归处是敦煌：樊锦诗自述》，樊锦诗 口述，顾春芳 撰写

有人问我，人生的幸福在哪里？我觉得就在人的本性要求他所做的事情里。一个人找到了自己活着的理由，有意义地活着的理由，以及促成他所有爱好行为来源的那个根本性的力量。

《你当像鸟飞往你的山》，塔拉·韦斯特弗

教育应该是思想的拓展，同理心的深化，视野的开阔。教育不应该使你的偏见变得更顽固。如果人们受过教育，他们应该变得不那么确定，而不是更确定。他们应该多听，少说，对差异满怀激情，热爱那些不同于他们的想法。

《那不勒斯四部曲》，埃莱娜·费兰特

我的整个生命，只是一场为了提升社会地位的低俗斗争。

《异见时刻："声名狼藉"的金斯伯格大法官》，伊琳·卡蒙、莎娜·卡尼兹尼克

婚姻不应让女性失去独立和个性，相反，夫妻应平等地与对方分享自己的生活和人生目标。

《知晓我姓名》，香奈儿·米勒

　　你很重要，毋庸置疑，你是无与伦比的，你是美丽的，有价值的，值得尊重的，不可否认，每一天的每一分钟，你都是强大的，没有人能把这一切从你身上夺走。世界各地的女孩们，我和你们在一起。

《透过性别看世界》，沈奕斐

　　我们生为男性或者女性，但我们并非生下来就有男性气质或女性气质。女性气质是一种策略和一种人为形成的东西，是一个"扮演和再扮演那种被主体接受了的性别规范的模式，而性别规范以多种多样的身体风格表现出来"。

《女佣的故事：我只想让我女儿有个家》，斯蒂芬妮·兰德

　　我需要知道有一个人可以改善我们的处境。那年夏天，我咬紧牙关，我认定，这个人就是我自己，不是一个男人或者一个家庭，那个人只能是我自己。我要停止妄想有个人会来爱我。我要靠自己，埋下头，在生活带来的苦难中艰难前行。

《佐贺的超级阿嬷》，岛田洋七

　　人到死都要怀抱梦想！没实现也没关系，毕竟只是梦想嘛。

《闺蜜：女性情谊的历史》，玛丽莲·亚隆、特蕾莎·多诺万·布朗

　　女性更有能力建立真实的人际关系，因为她们不像男性，容易受到公共领域利己主义的支配和影响。

《巴黎美人：我是我自己》珍妮·达玛斯、劳伦·巴斯蒂德

　　每个人都有爱自己的权利，并且要在没有负罪感的情况下照顾自己，无论生理还是心理，无论长处或短处，人们都拥有深爱自己的一切的基本权利。

《多舛的生命：正念疗愈帮你抚平压力、疼痛和创伤》，乔恩·卡巴-金

　　我们的哲学是，你是你自己的生活、你的身体、你的心灵的世界级专家。或者至少，如果你仔细观察的话，你正处在成为这个专家的最佳位置上。

《亲爱的安吉维拉：或一份包含15条建议的女权主义宣言》，奇玛曼达·恩戈兹·阿迪契

　　你的女权主义前提应该是：我是重要的。我同等重要。没有"除非"。没有"假如"。我同等重要。句号。

《我将独自前行》，若竹千佐子

人与人之间，无论多么亲密，都不会真的不分你我，那都是两个人。意识到这一层的时候，已经有很多很多岁月流走了。

《女性与权力：一份宣言》，玛丽·比尔德

在女性公开声明立场的时候，为她们自己而战的时候，高声疾呼的时候，人们是怎么形容她们的？她们"咄咄逼人""喋喋不休""哭哭啼啼"。……计较这些措辞重要吗？当然重要，因为它们构成和强化了一种社会沿袭下来的思维模式，它消解女性话语中的权威、力量，甚至是幽默感。

参考书目

1. 弗吉尼亚·伍尔夫：《达洛维夫人》，姜向明译，陕西师范大学出版社，2014

2. 弗吉尼亚·伍尔夫：《一间自己的房间》，吴晓雷译，陕西师范大学出版社，2014

3. 梅耶·马斯克：《人生由我》，代晓译，中信出版社，2020

4. 贝蒂·弗里丹：《女性的奥秘》，程锡麟、朱徽、王晓路译，广东经济出版社，2005

5. 弗朗西斯·福山：《历史的终结与最后的人》，陈高华译，孟凡礼校，广西师范大学出版社，2014

6. 保罗·福塞尔：《格调：社会等级与生活品味》，梁丽真、乐涛、石涛译，北京联合出版公司，2017

7. 凯特·米利特：《性政治》，宋文伟译，江苏人民出版社，2000

8. 卡梅隆·迪亚茨、桑德拉·巴克：《你的身体，是一切美好的开

始》，王敏译，上海文化出版社，2020

9. 玛丽·沃斯通克拉夫特：《为女权辩护：关于政治及道德问题的批判》，常莹、典典、刘荻译，中信出版社，2016

10. 西蒙娜·德·波伏瓦：《第二性》，郑克鲁译，上海译文出版社，2011

11. 谢丽尔·桑德伯格：《向前一步：女性，工作及领导意志》，颜峥、曹定、王占华译，中信出版社，2014

12. 约翰·克兹马、迈克尔·德安东尼奥：《雅典娜原则》

13. 露安·布里珍丹：《女性大脑》

14. 乌特·艾尔哈特：《好女孩上天堂，"坏"女孩走四方》，刘海宁译，华夏出版社，2014

15. 珍·古道尔：《大地的窗口》，杨淑智译，北京大学出版社，2017

16. 玛丽·特朗普：《过多和永远不够：我的家族如何造就这个世界上最危险的人》，

17. 梅琳达·盖茨：《女性的时刻》，齐彦婧译，北京联合出版有限公司，2020

18. 叶嘉莹口述、张候萍撰写：《红蕖留梦：叶嘉莹谈诗忆往》，生活·读书·新知三联书店，2019

19. 李兰妮：《旷野无人：一个抑郁症患者的精神档案》，人民文学出版社，2013

20. 玛雅·安吉洛：《我知道笼中鸟为何歌唱》，于霄、王笑红译，

上海三联书店，2013

21. 米歇尔·福柯：《规训与惩罚》，刘北成、杨远婴译，生活·读书·新知三联书店，2019

22. 法齐娅·库菲：《我不要你死于一事无成：给女儿的 17 封告别信》，章忠建译，中信出版社，2018

23. 王阳明：《传习录》，费勇译，三秦出版社，2018

24. 郦波：《五百年来王阳明》，上海人民出版社，2017

25. 詹姆斯·克利尔：《掌控习惯》，迟东晨译，北京联合出版公司，2019

26. 奥普拉·温弗瑞：《我坚信》，陶文佳译，北京联合出版公司，2017

27. 朗达·拜恩：《秘密》，谢明宪译，湖南文艺出版社，2018

28. 马丁·赛利格曼：《真实的幸福》，洪兰译，浙江教育出版社，2020

29. 罗曼·罗兰：《约翰·克利斯朵夫》，傅雷译，天津人民出版社，2017

30. 米歇尔·奥巴马：《成为：米歇尔·奥巴马自传》，胡晓凯、闫洁译，天地出版社，2019

31. 莉·沃特斯：《优势教养》，闫丛丛译，中信出版集团，2018

32. 马赛厄斯·德普克、法布里奇奥·齐利博蒂：《爱、金钱和孩子：育儿经济学》，吴娴、鲁敏儿译，王永钦校，格致出版社，2019

33. 约翰·霍特：《孩子是如何学习的》，张雪兰译，北京联合出版公司，2016

34. 斯蒂芬妮·孔茨：《为爱成婚：婚姻与爱情的前世今生》，刘君宇译，中信出版集团，2020

35. 路易莎·梅·奥尔科特：《小妇人》，王岑卉译，江西人民出版社，2020

36. 丽贝卡·特雷斯特：《单身女性的时代：我的孤单，我的自我》，贺梦菲、薛轲译，广西师范大学出版社，2018

37. 阿米尔·莱文、蕾切尔·赫尔勒：《关系的重建》，李昀烨译，台海出版社，2018

38. 玛丽·比尔德：《女性与权力：一份宣言》，刘漪译，天津人民出版社，2019

39. 亚瑟·乔拉米卡利、凯瑟琳·柯茜：《共情的力量》，王春光译，中国致公出版社，2019

40. 路斯·哈里斯：《爱的陷阱：如何让亲密关系重获新生》，韩冰、王静、祝卓宏译，机械工业出版社，2019

41. 科里·弗洛伊德：《走出孤独》，赵丽荣译，天津科学技术出版社，2020

42. 阿里安娜·赫芬顿：《成功的第三种维度：创造拥有智慧、健康、好奇心的人生》，魏群译，中信出版集团，2016

43. 乔恩·卡巴-金：《多舛的生命：正念疗愈帮你抚平压力、疼痛

和创伤》，童慧琦、高旭滨译，机械工业出版社，2018

44. 伊波利特·阿道尔夫·丹纳：《艺术哲学》，傅雷译，天津人民出版社，2020

45. 布鲁斯·费希尔、罗伯特·艾伯蒂：《分手后，成为更好的自己》，熊亭玉译，四川人民出版社，2018

46. 让-雅克·卢梭：《论人类不平等的起源和基础》，邓冰艳译，浙江文艺出版社，2015

大女生

产品经理 | 曹俊然　　装帧设计 | 付禹霖　　营销经理 | 李　佳

技术编辑 | 丁占旭　　责任印制 | 刘世乐　　出 品 人 | 于　桐

图书在版编目（CIP）数据

大女生 / 杨澜著. -- 上海：上海文艺出版社,2021
ISBN 978-7-5321-7986-2

Ⅰ. ①大… Ⅱ. ①杨… Ⅲ. ①随笔－作品集－中国－当代 Ⅳ. ①I267.1

中国版本图书馆CIP数据核字(2021)第096730号

出 版 人：毕　胜
责任编辑：陈　蕾
特约编辑：曹俊然
装帧设计：付禹霖

书　　名：大女生
作　　者：杨　澜
出　　版：上海世纪出版集团　上海文艺出版社
地　　址：上海市闵行区号景路159弄A座2楼　　201101
发　　行：果麦文化传媒股份有限公司
印　　刷：北京盛通印刷股份有限公司
开　　本：880mm×1230mm　1/32
印　　张：7.5
字　　数：136千字
印　　次：2021年6月第1版　2022年4月第10次印刷
印　　数：188,001-193,000
ＩＳＢＮ：978-7-5321-7986-2 / Ｉ·6332
定　　价：49.80元

如发现印装质量问题，影响阅读，请联系021—64386496调换。